Ehrler - Engeljagd

Das Buch

Der Kunsthändler Darius Zakhani erfährt, dass sein langjähriger Kunde Dr. Karlheinz Engelhardt ein verschollen geglaubtes Caravaggio-Bild besitzt. Um jeden Preis will er das Gemälde an sich bringen und setzt Engelhardt unter Druck. Der aber möchte das Bild auf keinen Fall hergeben. Er beauftragt den Privatdetektiv Rafael Schelbert, das Gemälde in sein geheimes Bilderdepot in Montenegro zu schaffen. Aber Zakhani bekommt das mit und setzt Ben Mertens, seinen Mann fürs Grobe, auf Schelberts Spur. Gleichzeitig bittet er den Journalisten Fergal Tygstrup um Hilfe. Dieser wiederum aktiviert seine Kontakte zur Mafia, die sich ebenfalls an die Fersen des Detektivs heftet. Es beginnt eine rasante Verfolgungsjagd, bei der Rafael Schelberts Leben auf dem Spiel steht.

Der Autor

1958 in Wiesbaden geboren, verschlug es Hanno Ehrler 1998 ins Ruhrgebiet. Dort arbeitete er bis 2023 als Osteopath und als Dozent in seiner eigenen Heilpraktikerschule. Zugleich war er und ist noch schreibend für Zeitungen, Zeitschriften und die Rundfunkanstalten der ARD tätig, dort besonders und gerne für die Redaktion Neue Musik des Deutschlandfunks. Nach einigen Sachbüchern ist ›Engeljagd‹ sein erster Roman um den couragierten Privatdetektiv Rafael Schelbert.
www.hanno-ehrler.de

Engeljagd

Ein Rafael-Schelbert-Roman

Hanno Ehrler

Impressum

© Hanno Ehrler
Fotos Umschlag und S. 5 aus: Schudt, Ludwig: Caravaggio, Wien 1942
Fotos: © Hanno Ehrler
www.hanno-ehrler.de

erweiterte Neuauflage 2024

Druck und Distribution im Auftrag des Autors:
tredition GmbH, Heinz-Beusen-Stieg 5, 22926 Ahrensburg, Germany

ISBN 978-3-384-19876-1

Caravaggio: ›Der heilige Matthäus mit dem Engel‹, 1599, verschollen
Schwarzweiß-Reproduktion

Rom 1603

Kardinal Francesco Maria Bourbon Del Monte streifte das Nachthemd ab. Unbekleidet trat er ans Fenster seines großzügigen Schlafgemachs, öffnete einen Flügel und genoss die warme Sommerluft, die ins Zimmer strömte. Schon jetzt, um sechs Uhr morgens, begann es stickig zu werden. Dieser fünfte Juli war nicht nur sein vierundfünfzigster Geburtstag. Er sollte auch einer der heißesten Tage des Jahres werden.

Erst am Nachmittag wartete Geschäftliches auf ihn. Er konnte es sich gönnen, eine ganze Weile am Fenster zu verharren, wo sich ihm der Blick durch die Corsia Agonale auf die große Piazza Navona bot. Wegen dieser Perspektive hatte er den mittleren der neun vorderen Räume seines Palastes zum privatesten Zimmer des Gebäudes erkoren. Ein jeder seines Dienstpersonals wusste, dass man hier niemals ohne ausdrückliche Erlaubnis eintreten durfte. Lediglich ganz speziellen Gästen wie dem jungen Talent, das aus dem kleinen lombardischen Ort Caravaggio kam und das er vor ein paar Jahren in sein Haus aufgenommen hatte, gestattete der Kardinal freien Zutritt.

Aber nur einmal, ganz zu Anfang, hatte sich Michelangelo Merisi bereit erklärt, Del Monte in sein Schlafgemach zu begleiten. Das hatte er dem Kardinal nicht verweigert, dann jedoch unmissverständlich klar gemacht, dass seine Vorlieben anders gelagert waren. Der Maler suchte Jünglinge, vornehmlich solche aus der Gosse, die ihm auch Modell standen. Ihm gefiel deren Unkultiviertheit und Ungeschliffenheit. Del Monte, der angesichts seines Status als Kardinal diesen Menschenschlag tunlichst meiden sollte, verstand das nur zu gut. Auch er erlag immer wieder der eigentümlichen Anziehungskraft junger Männer mit grober Ausdrucksweise, schlichtem Geist und ungepflegtem Körper. Die dreckigen Füße des ›Amor als Sieger‹, den Merisi letztes Jahr gemalt hatte, machte dieses Bild so unglaublich lebensnah. Es schien, so kam es Del Monte vor, als könne der Eros-Knabe jederzeit leibhaftig aus dem Bild steigen.

Leider besaß er dieses Gemälde nicht. Der Künstler hatte es für den Marchese Vincenzo Giustiniani geschaffen. Es hatte ihn bekannt gemacht.

Seitdem liefen Merisis Geschäfte besser als je zuvor. Weit über die Grenzen der Stadt hinaus belieferte er Adel und Bürgertum mit einem steten Bilderstrom.

Nicht zuletzt wegen Vincenzos Gemäldesammlung schätzte Del Monte seine langjährige Freundschaft mit dem Marchese. Dessen Palazzo stand direkt neben seinem eigenen. Mehrfach hatte Vincenzo ihm, da er den Kunstgeschmack des Kardinals kannte, einen Blick auf den ›Amor‹ gewährt.

Die Leinwand hing roh, ganz ohne Rahmen an der Wand. Das verstärkte die suggestive Wirkung des Gemäldes. Außerdem versteckte Vincenzo das Meisterwerk hinter einem dicken Samttuch. Hatte er Besucher, machte er jedes Mal großes Aufheben darum, den Vorhang zu lüften. Aber Del Monte durfte das Bild jederzeit sehen. Um ein anderes Gemälde jedoch beneidete er seinen Freund noch mehr: die erste Fassung des ›heiligen Matthäus mit dem Engel‹. Damit hatte sich sein ehemaliger Schützling selbst übertroffen.

Der Kardinal zog einen Sessel ans Fenster, setzte sich und ließ die heißen Sonnenstrahlen auf seinen dicklichen, weitgehend unbehaarten Körper fallen. Schnell bildete sich ein Schweißfilm auf der Haut, der ihm nicht unangenehm war.

Vor vier Jahren, als Merisi noch bei ihm wohnte, hatte er selbst den Auftrag für dieses Matthäusbild vermittelt. Es sollte den Altar in der Kirche San Luigi dei Francesi, die dicht bei seinem Palast stand, zieren. Stolze vierhundert Scudi hatte er für den Künstler ausgehandelt. Aber als das Bild fertig war, lehnte es die Glaubenskongregation einfach ab. Unwürdig sei der heilige Matthäus dargestellt, argumentierten die sogenannten Experten der Kongregation.

Blinde Idioten, dachte der Kardinal. Sicher, Matthäus war auf dem Bild ein grobschlächtiger, analphabetischer Bauer, ein tumber Mann, der überhaupt nicht versteht, was er da, von einem Engel geführt, aufs Papier bringt. Wen aber interessiert das, fragte sich Del Monte. In Form und Ausgestaltung war es die spannendste Version dieses Motivs, die er je gesehen hatte. Und wie beim ›Amor‹ war es Merisi wieder einmal gelungen, *die Figuren so unglaublich lebendig darzustellen. Als das Bild dann zum Verkauf stand, war er einfach nicht schnell genug gewesen. Vincenzo hatte es ihm weggeschnappt.*

Auf jeden Fall würde er den Marchese heute besuchen und ihn um Einlass in die Stanza mit seinen Bildern bitten, als Geburtstagsgeschenk quasi. Er wusste, der Marchese würde ihm das nicht verweigern.

1

Rafael Schelbert schreckte hoch. Angst ballte sich in seinem Magen zusammen. Er wusste nicht, wo er war. Hektisch blickte er sich um. Dann erkannte er die seiner Wohnung gegenüberliegenden Häuser. Erleichtert atmete er auf und lehnte sich auf der Balkonliege zurück. Was ihn aus dem Dösen herausgerissen hatte, konnte er nicht sagen.

Die Strahlen der nachmittäglichen Sonne fielen auf seinen schmalen, aber gut trainierten Körper. Die Geräuschkulisse des Ruhrgebiets drang ihm ans Ohr, selbst hier, in dieser ruhigen Seitenstraße Wanne-Eickels. Er mochte das leise, aber beständige Rauschen des Verkehrs, die halbstündig schlagenden Kirchenglocken und die manchmal lautstarken Unterhaltungen der Nachbarn. Es störte ihn nicht. Es verlieh ihm das Gefühl, zuhause zu sein.

Seit er seiner Tätigkeit als Detektiv nachging, fühlte er sich ausgeglichener denn je zuvor in seinem Leben. Doch heute wollte die Unruhe, mit der er erwacht war, nicht weichen. Rafael Schelbert ahnte, was das bedeutete. Irgendetwas würde geschehen. Er hatte gelernt, seinem Gefühl zu vertrauen und eher diesem zu folgen, als seine Entscheidungen nur rational zu begründen. Mit Maurice konnte er darüber nicht reden. Da erntete er nur Spott und Hohn, auch wenn er und nicht sein Freund immer wieder recht behalten hatte.

2

Marita Buschweiler-Krisch stolperte. Sie verlor das Gleichgewicht, krachte gegen die Wand und schlug auf den Boden auf. Dann traf sie etwas Hartes an der Schläfe und ihr wurde schwarz vor Augen.

Wie lange ihre Bewusstlosigkeit währte, konnte sie im Nachhinein nicht sagen. Das erste, was sie wieder wahrnahm, waren stechende Kopfschmerzen und der muffige Geruch des sperrigen Gegenstands, der halb auf ihr lag. Sie schob das Ding beiseite, stand mühevoll auf und schlurfte ins Badezimmer. Im Spiegelschrank lagen Schmerztabletten. Zwei oder drei würde sie brauchen, mindestens, dachte sie, füllte ein Zahnputzglas mit Leitungswasser, schluckte die Pillen und setzte sich auf den Badewannenrand.

Noch nie zuvor hatte sie die Abstellkammer betreten. Nicht, dass es ihr verboten gewesen wäre. Dr. Engelhardt hatte lediglich gesagt, sie brauche diesen Raum nicht zu säubern. Da aber der starke Essigreiniger nirgends zu finden war, hatte sie auch dort gesucht. Beim Verlassen des Raumes war sie über das uneben verlegte Linoleum gestrauchelt.

Nach ein paar Minuten fühlte Marita sich besser. Es drängte sie, die Unordnung, die sie in der Kammer angerichtet hatte, zu beseitigen. Sie stieß die halb zugefallene Tür auf. Am Boden lag eine große, auf einem Holzrahmen aufgezogene, in etwa quadratische Leinwand. Zwei mal zwei Meter werden es sein, dachte sie, hob sie an und lehnte sie gegen die Wand.

Die nackte Glühbirne an der Decke warf nur ungenügendes Licht auf das Bild. Doch selbst im schummrigen Halbdunkel strahlten die Farben des Gemäldes eine geheimnisvolle Leuchtkraft aus. Marita hielt den Atem an. Zweifellos stand sie vor einem Meisterwerk aus dem Frühbarock. Diese Epoche war nicht ihr Fachgebiet. Ihre Leidenschaft galt dem Expressionismus. Aber sie kannte natürlich den Stil. Angesichts des subtilen Spiels mit Licht und Schatten, der punktuellen Hervorhebung bestimmter Partien und der großen dunklen Flächen tippte sie auf einen niederländischen Caravaggisten. Fantastisch, dachte sie. Aber warum versteckte Dr. Engelhardt diese wunderbare Arbeit hinter einem verschlissenen Stück Stoff?

Pragmatisch wie sie war, hielt Marita sich nicht mit Grübeleien auf, zückte ihr Smartphone und schoss eine ganze Reihe Fotos. Dann begann sie, ihre Spuren zu verwischen. Dr. Engelhardt brauchte nicht zu wissen, dass sie den Raum betreten hatte. Um den Holzrahmen seitlich zu greifen, reichte die Spannweite ihrer Arme nicht aus. Sie fasste ihn von unten. Er war schwer, doch sie war nicht schwach. Nach einigem Balancieren hing das Gemälde wieder an seinen Haken. Sie zog den Gobelin darüber, und alles sah aus wie zuvor. Sie löschte das Licht und schloss die Tür.

An Putzen war nicht mehr zu denken. Wieder hatte sie dieser Drang erfasst, den ihre Mitmenschen Neugier nannten. Es gefiel ihr nicht, so beurteilt zu werden. Aber sie musste zugeben, dass sie nun einmal neugierig war. Sie konnte nicht anders. Sie musste unbedingt mehr über dieses Bild wissen.

Kaum zuhause angekommen durchforstete sie ihre Bibliothek. Sie war stolz auf die mehrere hundert Bände umfassende Kunstbuch-Sammlung, die sie seit Jahren systematisch erweiterte und mit Neuerscheinungen aktualisierte. Seit einiger Zeit hatte sie ihren Master in Kunstgeschichte. Seitdem schlummerte in ihr der Plan, zu promovieren. Dabei ging es ihr nicht so sehr um den Titel, obwohl sie nichts dagegen hätte, Frau Doktor genannt zu werden. Viel eher reizte es sie, eine komplexe Aufgabe vor sich zu haben und sie zu bewältigen.

Sie legte das Smartphone auf den Wohnzimmertisch und rief die Fotos auf. Irgendwie kam ihr dieses Bild bekannt vor, nicht nur wegen des Motivs. Das war ihr natürlich vertraut. Viele Maler hatten den heiligen Matthäus beim Schreiben dargestellt und neben ihm einen Engel, der ihm den göttlichen Willen diktiert. Aber sie war sich sicher, genau dieses Gemälde schon gesehen zu haben.

Schnell wurde sie fündig. Sorgfältig verglich sie ihre Fotos mit der Schwarzweiß-Reproduktion im Buch und konnte es zunächst nicht glauben. Doch ihr Gefühl sagte ihr, dass sie soeben den Fund des Jahrhunderts gemacht hatte.

3

Rafael Schelbert blickte kurz zu Maurice hinüber. Tief versunken saß sein Freund im opulenten Ledersitz und hielt die Augen geschlossen. Anscheinend genoss er die Fahrt. Dann brach er das Schweigen.

»Willst du die Kiste nicht endlich verkaufen?«

Schon wieder fängt er mit diesem Thema an, dachte Schelbert.

»Sicher, das weißt du doch, obwohl der Wagen natürlich seinen Reiz hat.«

Schelbert steuerte einen fast neuen Bentley Continental. Das Luxusfahrzeug hatte er als Bezahlung für den letzten Auftrag angenommen. Dass ihm der Verkauf des Gefährts ein Vielfaches mehr einbringen würde, als er an Honorar hätte berechnen können, hatte er erst später erfahren. Immer noch wunderte er sich, dass es Menschen gab, die solch irrsinnige Summen nur für ein Auto ausgaben.

Dank seines genügsamen Lebensstils könnte er mit diesem Geld jahrelang auskommen. Schon immer hatte er überflüssigen Konsum abgelehnt. Schelbert weigerte sich, ständig neue Kleidung anzuschaffen, teures Porzellan zu kaufen oder seine Wohnung mit Designermöbeln auszustatten. Jetzt diesen Wagen zu fahren widersprach allen seinen Prinzipien. Aber das Fahrzeug übte eine Faszination auf ihn aus, der er sich nicht entziehen konnte. Er konnte sich einfach nicht dagegen wehren. Das Schlimmste war, dass er sogar Besitzerstolz empfand.

Schelbert ärgerte sich über Maurice' Grinsen. Natürlich wusste er von Rafaels zwiespältigem Verhältnis zu ›seinem‹ Bentley.

»Du willst ihn nicht verkaufen«, stichelte er.

»Lass das!«

»Ja, ja, ist ja schon gut.«

»Wir verkaufen natürlich so bald wie möglich. Aber lass uns über etwas anderes reden. Du hast mich lange nicht mehr abgefragt. Hast du heute etwas für mich?«

»Na du hast ein Glück! Vorhin habe ich etwas herausgesucht.«

Wann das begonnen hatte, wusste Schelbert nicht mehr zu sagen, nicht lange jedenfalls, nachdem sie sich kennengelernt hatten. Schelbert hatte derart mit seinem belletristischen Wissen geprahlt, dass Maurice schließlich mit ein paar Textstellen angekommen war. Seitdem spielten sie dieses Ratespiel. Maurice zog sein Smartphone aus der Tasche.

»Also höre: ›Da schlug auf ihn eine große Woge von oben furchtbar stürzend herab und drehte im Wirbel das Floß um. Weit vom Floß fiel er selber ins Meer und ließ aus den Händen fahren das Steuerruder, und mittendurch brach ihm den Mastbaum, aus sich mischenden Winden kommend, ein schrecklicher Windstoß.‹ Fertig.«

»Einfacher geht es ja wohl nicht. Aber das ist doch eine uralte Übersetzung. Hast du keine neuere Fassung der ›Odyssee‹ gefunden?«

»Diese jedenfalls steht bei dir im Regal.«

»Dann muss ich mir bei Gelegenheit eine neue anschaffen.«

Rafael Schelbert zog den Bentley auf den Parkplatz des Botanischen Gartens der Ruhr-Universität Bochum. Er schlenderte gern über das ruhige, mitten im Wald gelegene Gelände. Dort war auch der Beschluss gefasst worden, wie ihre Detektei heißen soll. Anfangs war Schelbert angesichts Maurice' Vorschlag skeptisch gewesen und hatte die Idee fade und fantasielos gefunden. Doch dann gefiel ihm ›Schelbert-Lichtenberg-Investigations‹ immer besser. Maurice hatte völlig Recht. Der Name sagte, worum es ging und mit wem man es zu tun hatte. Mehr war nicht nötig. Einige Klienten hatten schon angebissen.

Schelbert öffnete die Tür zum Tropenhaus und wurde sofort von feuchter, stickiger Wärme umhüllt. Er sog den süßlichen Duft der Luft tief ein. Maurice mochte die Hitze nicht. Schelbert wusste, dass sein Freund die Urwald-Temperaturen nur ertrug, um ihm einen Gefallen zu tun. So war er eben. Sechs Jahre war es jetzt schon her, dass sie sich zum ersten Mal getroffen hatten. Sie hatten sich angeblickt und sich sofort innig verbunden gefühlt. Seitdem waren sie sich nicht mehr von der Seite gewichen. Bis dahin hatte Rafael Schelbert noch nie zuvor etwas Vergleichbares erlebt. Berichte über Liebe auf den ersten Blick hatte er für romantisch verklärten Blödsinn gehalten.

Manchmal fragte er sich, warum sie sich so gut verstanden, wo sie doch so verschieden waren. Vielleicht war es aber gerade das. Bis vor ein paar Monaten hatte Schelbert noch ziellos vor sich hin studiert und alle möglichen Seminare und Vorlesungen besucht, ohne die geringste

Idee, was später daraus werden sollte. Maurice hingegen, obwohl fast fünf Jahre jünger, stand bereits im Berufsleben. Als selbstständiger Programmierer organisierte er seine Arbeit mit minutengenauer Akribie. In den ganzen Jahren, die sie sich kannten, hatte Schelbert es nicht einmal erlebt, dass sein Freund einen Termin verpasst hätte. Die ständig leuchtenden Computerbildschirme dominierten Maurice' Wohnzimmer. Hätte Schelbert nicht darauf bestanden, stünde dort noch nicht einmal ein Sofa. Er säße doch sowieso nur auf seinem Bürostuhl, hatte Maurice gesagt, wozu brauche er da so ein Ding. Aber Schelbert wollte es bequem haben, wenn er ihn besuchte, und wenigstens etwas Behaglichkeit spüren.

Sie wohnten nicht zusammen, genossen aber die angenehmen Rituale eines gemeinsamen Lebens. Gewöhnlich erschien Maurice Punkt sieben in Rafaels Wohnung und erwartete eine dampfende Tasse Espresso. Rafael nutzte mehrmals die Woche seine gut ausgestattete Küche, um für sie beide schmackhafte Gerichte auf den Tisch zu zaubern. Sie unternahmen gemeinsame Reisen, besuchten Kunstausstellungen und teilten auch ein cineastisches Interesse.

Maurice war immer noch beim Thema Auto. Ohne Frage mussten sie bald ein anderes Fahrzeug anschaffen. Der Bentley war für ihre Arbeit völlig ungeeignet. Er fiel überall auf und hatte kaum Stauraum für Ausrüstungsgegenstände. Auch Maurice' alter Peugeot taugte nicht als Dienstwagen. Er war zu klein, zu langsam und zu alt.

»Wir könnten ein Fahrzeug leasen. Je mehr wir steuerlich absetzen, desto besser«, sagte Maurice.

»Da kenne ich mich nicht aus. Das wirst du schon wissen.«

»Außerdem brauchen wir eine gute Kamera und vielleicht auch Abhör-Equipment. Und du solltest dir Gedanken darüber machen, welche Waffe du dir zulegen willst.«

»Was?«

»Einen Waffenschein werden wir sicher bekommen.«

»Was für ein Blödsinn. Ich will keine Waffe. Wieso soll ich mir eine Waffe zulegen?«

»Immerhin bist du neulich fast erschossen worden. Das möchte ich nicht noch einmal mitmachen.«

Tatsächlich war Rafael Schelbert bei der Erledigung des letzten Auftrags angeschossen worden. Unwillkürlich kratzte er sich an der Eintrittstelle der Kugel. Die Wunde war gut verheilt und juckte nur noch manchmal.

»Du sollst ja nicht mit einem Colt an der Hüfte herumlaufen. Es geht um deine Sicherheit. Denk darüber nach.«

Maurice, der, seit sie im Tropenhaus waren, auf seinem Tablet herumtippte, hielt kurz inne.

»Moment mal! Wir haben einen Käufer.«

»Wie viel?«, fragte Schelbert.

»Einhundertfünfundvierzigtausend.«

»Mach das fest. Ehrlich gesagt hatte ich befürchtet, monatelang auf dem Bentley sitzenzubleiben.«

»Na, dir wäre das doch nur recht, so gern, wie du damit herumfährst.«

Schon wieder diese Stichelei, dachte Schelbert, erwiderte aber lieber nichts. Mit einer derart hohen Summe würden sie ein geeignetes Auto kaufen können und auch sonst alles, was sie für ihre Detektei benötigten. Man konnte nicht sagen, dachte Schelbert, er habe in seinem neuen Job bisher schlecht verdient.

4

Marita Buschweiler-Krisch putzte gerne. Es machte ihr einfach Spaß. Außerdem, irgendetwas Sportliches musste man ja tun. Sie hasste Joggen, Schwimmen und Fahrradfahren und überhaupt jegliches Training um seiner selbst willen. Putzen fordert auch körperlich, meinte Marita, und am Ende kommt wenigstens etwas Sinnvolles dabei heraus.

Warum nur wollte das niemand kapieren? Es war ihr vollkommen gleichgültig, dass diese Tätigkeit nichts mit ihrer Ausbildung zu tun hatte. Ebenso wenig interessierte sie, dass ein Putzjob nach allgemeiner Auffassung weit unterhalb ihres sozialen Status angesiedelt war.

Kam ihr jemand damit an, sie könne mit ihrem Kunstgeschichtsstudium doch etwas viel Besseres machen, stellte sie einfach die Frage, warum sie keinen Spaß haben dürfe. Bisher hatte das alle Nörgler zum Schweigen gebracht.

Ohne ihren Putzjob hätte sie dieses Gemälde niemals entdeckt. Marita verschlang alles, was sie über das Bild zu lesen fand. Sie erfuhr, dass Michelangelo Merisi, genannt Caravaggio, den ›heiligen Matthäus mit dem Engel‹ 1599 für den Altar einer Kapelle gemalt hatte und dass das Bild 1945 im Flakbunker Berlin-Friedrichshain neben vielen anderen Gemälden, die dort während des Zweiten Weltkriegs gelagert worden waren, verbrannt sein soll. Marita war inzwischen fest davon überzeugt, dass es sich bei Dr. Engelhardts Bild um das Original handelte. Sie hätte nicht zu sagen gewusst, was sie so sicher machte. Sie vertraute einfach ihrem Gefühl.

Sie mochte Dr. Engelhardt. Er war freundlich und zuvorkommend und hatte sie nie wie eine Dienstleisterin behandelt, sondern immer als Mensch. Aber es störte, ja erbitterte sie, dass er ein solches Kunstwerk vor der Öffentlichkeit versteckte. Es sollte in einem Museum hängen, dachte sie, wo jeder es betrachten könnte. Am besten wäre die Berliner Gemäldegalerie, zu dessen Sammlung es ja früher gehört hatte. Wunderbar würde es sich dort im Raum mit Caravaggios ›Amor als Sieger‹ machen, dachte Marita. Dass Dr. Engelhardt sich anmaßte, dieses bedeutende Stück Kultur der Allgemeinheit vorzuenthalten, war moralisch völlig inakzeptabel.

Marita drängte es, irgendetwas zu tun. Ihr schoss alles Mögliche durch den Sinn, sogar das Gemälde einfach an sich zu nehmen und einem Museum zu übergeben. Sie hatte Zugang zum Haus und könnte es problemlos holen. Aber das wäre Diebstahl. So etwas tat sie nicht. Alternativ könnte sie die Presse informieren. Journalisten würden sofort Dr. Engelhardts Haus umlagern und Druck erzeugen. Sie könnte das Bild auch einem Kollegen zeigen oder einfach selbst einen Artikel schreiben.

Doch alles in ihr sträubte sich dagegen, etwas hinter Dr. Engelhardts Rücken zu tun. Der Anwalt vertraute ihr. Dieses Vertrauen wollte sie nicht ausnutzen. Sie könnte ihn auf das Bild ansprechen. Aber bei dem Gedanken war ihr nicht wohl. Dr. Engelhardt wusste nichts von ihrem Studium und ihren Fachkenntnissen. Er kannte sie lediglich als Reinigungskraft. Und sie hatte gegen seinen ausdrücklichen Wunsch die Abstellkammer betreten. Er könnte aufgebracht sein, befürchtete Marita, und würde sie hochkant rausschmeißen. Jede Chance, ihn zu überzeugen, das Gemälde an die Öffentlichkeit zu bringen, wäre damit vertan.

Ein anderer Gedanke kam ihr in den Sinn. Er ließ ihr Herz schneller schlagen. Das wäre die beste Lösung, auf jeden Fall, dachte sie, schloss kurz die Augen und griff zum Telefon. Die Nummer, die sie wählte, brauchte sie nicht nachzuschlagen. Sie war ihr ins Gedächtnis gebrannt, obwohl sie sie seit mindestens zwanzig Jahren nicht mehr benutzt hatte.

»Du? Na das ist ja eine Überraschung.«

Die Stimme klang immer noch vertraut, trotz der langen Zeit. Ein warmes Gefühl breitete sich in Marita aus. Sie hatte die richtige Wahl getroffen. Darius konnte die Sache ins Laufen bringen.

»Nicht wahr?«, antwortete Marita.

»Wie lang ist das jetzt her? Zwanzig Jahre?«

»Das kommt ungefähr hin.«

»Und? Bist du immer noch so hübsch wie früher?«

Marita erinnerte sich, dass Darius sie mit Komplimenten überschüttet hatte. Ihr selbst gefiel nicht recht, was sie im Spiegel sah: ein zu rundlicher Körper, eine zu große Nase, ein zu dünnlippiger Mund. Lange hatte sie gebraucht, um zu begreifen, dass ihre Mitmenschen sie ganz anders wahrnahmen. Schon in der Schule war sie von vielen Jungs heiß umworben worden. Auch heute noch zog sie die Blicke der Männer auf sich. Es war nicht zu übersehen, dass Dr. Engelhardt sie manchmal regelrecht anstarrte. Marita hatte nichts dagegen. Sie verstand das als Kompliment, denn niemals wurde der Anwalt unhöflich oder zudringlich.

»Was ist? Hast du dich endlich von deinem Mann getrennt und kommst zu mir zurück?«, fragte Darius Zakhani.

»Du hast doch bestimmt eine viel hübschere Frau gefunden.«

»Fishing for compliments, das hast du doch nicht nötig. Aber du rufst doch sicher nicht ohne Grund an.«

Marita sammelte sich einen Moment.

»Du handelst doch mit Gemälden im oberen Preissegment?«

»Das kann man so sagen. Aber was hast du mit Gemälden zu tun?«

»Du weißt doch, dass ich Kunstgeschichte studiert habe.«

»Ich dachte, du hättest geheiratet.«

»Geheiratet ja, aber auch studiert. Ich habe etwas an der Hand, was dich interessieren könnte.«

»Soso.«

Er nimmt mich nicht ernst, dachte Marita, aber gleich wird er sich wundern.

»Es geht um Barockmalerei, frühes 17. Jahrhundert. Was würdest du sagen, wenn ein verschollenes Bild von einem bekannten Maler entdeckt worden wäre?«

»Sprich weiter.«

»Was würdest du sagen, wenn ich an dieses Bild käme?«

»Die Antwort kannst du dir denken.«

»Ja, aber sie gefällt mir nicht.«

»Wie meinst du das?«

»Du hörst doch schon die Kasse klingeln. Habe ich Recht?«

»Das ist mein Beruf.«

»Mir geht es aber um etwas anderes.«

»Na gut Marita, dann sag mir, was du weißt.«

»Nicht am Telefon.«

»Du machst es ja sehr spannend. Wenn du es nicht wärst, würde ich jetzt auflegen. Jeden Tag bekomme ich solche Angebote, und nichts ist dahinter. Aber gut, lass uns treffen, der alten Zeiten wegen. Komm morgen Vormittag zu mir, so gegen zehn. Es gibt einen guten Tee, wenn du magst.«

Marita legte auf. Sie musste sich eingestehen, trotz der langen Zeit immer noch der Leidenschaftlichkeit ihrer Verbindung mit Darius nachzutrauern. Aber es war richtig gewesen, das Verhältnis zu beenden. Sie passten einfach nicht zueinander.

5

Marita Buschweiler-Krisch stand pünktlich um zehn vor Darius Zakhanis Gründerzeitvilla und bewunderte die reiche Ornamentik der Fassade. Damals hatte sie Darius abgeraten, sich mit dem Kauf des Hauses derart hoch zu verschulden. Er hatte dagegengehalten, dass das Gebäude genau das Richtige für seine Pläne sei. Es stand in der Düsseldorfer Innenstadt, doch außerhalb der belebten Ladenmeilen. Das würde ihm die Laufkundschaft vom Leib halten. Er wolle sich nicht von irgendwelchen neugierigen Pseudo-Kunstinteressierten seine Zeit stehlen lassen, hatte er argumentiert. Die könnten sich die Bilder, die er zu verkaufen plante, ohnehin nicht leisten.

Darius' Rechnung war aufgegangen. Soweit Marita wusste, hatte er sich darauf spezialisiert, angeblich oder tatsächlich verschollene Kunstwerke gezielt zu suchen und auch zu finden.

Marita betrat den Laden und fühlte sich, als reise sie in die Vergangenheit. Seit damals hatte sich kaum etwas verändert. Noch immer dominierte die hässliche, bräunlich furnierte Ladentheke den Raum. Noch immer hingen die gleichen billigen Ölbilder aus dem 19. Jahrhundert an der Wand. Niemand würde hier einen Umschlagplatz für Wertvolles vermuten.

»Einen wunderschönen guten Morgen«, sagte sie.

Darius Zakhani begrüßte sie mit seinem betörenden Lächeln, dem Marita schon seinerzeit verfallen war. Ein Schauer lief ihr über den Rücken. Sie ließ sich von dem Kunsthändler in einen modern eingerichteten Raum im hinteren Teil des Gebäudes geleiten. Eine breite Fensterfront ließ helles Licht ins Innere strömen. Mittig stand eine schwarze Ledergarnitur mit gläsernen Beistelltischen, im linken Bereich ein ebenfalls gläserner Schreibtisch, der lediglich einen silberfarbenen

Bildschirm mit passend gestalteter Maus und Tastatur trug. Der dunkle Echtholz-Dielenboden verlieh dem Raum Eleganz. Maritas Blick blieb an dem Gemälde, das die linke Wand zierte, hängen.

»Das ist doch nicht etwa ein Kandinsky?«

»Doch, ich hatte Glück. Einer meiner Kunden brauchte dringend Geld.«

Wie versprochen servierte Darius Tee. Äußerlich hat er sich kaum verändert, dachte Marita, und er wirft immer noch mit seinen begehrlichen Blicken um sich. Erst jetzt wurde ihr bewusst, dass sie sich unwillkürlich schick gemacht und ein enges Kleid angezogen hatte. Sie erschrak über diesen Streich ihres Unterbewusstseins. Ein paar Minuten plauderten sie über alte Zeiten. Doch Marita spürte Darius' Neugier.

»So, meine Liebe«, sagte er, »jetzt lüfte das Geheimnis und sage mir, was du an der Angel hast.«

»Immer noch so ungeduldig?«

»Offensichtlich. Du hast es ja auch sehr spannend gemacht.«

»Was ich dir jetzt sage, muss unter uns bleiben. Kannst du mir das garantieren?«

»Du kannst dir sicher denken, dass ich diesen Laden ohne absolute Diskretion nicht führen könnte.«

»Also gut. Ich weiß um die Existenz eines Bildes.«

»Das hast du schon am Telefon gesagt. Spann mich nicht so auf die Folter.«

»Ich glaube, ich habe einen Caravaggio entdeckt.«

»Was?«

Darius riss die Augen auf. Marita konnte sich ein Lächeln nicht verkneifen. Für einen Moment war es ihr gelungen, die selbstsichere, überlegene Haltung ihres Exfreundes zu erschüttern.

»Willst du mich veräppeln?«

»Du kennst doch den ›heiligen Matthäus mit dem Engel‹? Die erste Fassung, die, die angeblich nach dem Krieg verbrannt sein soll.«

Darius Zakhanis Lächeln war verschwunden. Zum ersten Mal, seit Marita ihn kannte, hatte es ihm offenbar die Sprache verschlagen.

»Was ist mit dir?«, sagte sie. » So stumm kenne ich dich gar nicht. Ich weiß, wo dieses Bild ist, oder eine ziemlich gute Kopie davon.«

Darius Zakhani schüttelte den Kopf.

»Das wäre eine unglaubliche Sensation«, murmelte er.

Marita wartete. Darius Zakhani saß eine Weile in sich versunken da. Schließlich blickte ihr der Kunsthändler direkt in die Augen.

»Bist du sicher, dass es sich um das Original handelt?«

»Ich bin keine Sachverständige. Ich kann das nicht beurteilen. Es ist eher ein Gespür. Aber mir scheint es das Original zu sein, und wenn nicht, dann ist es in jedem Fall eine Kopie aus der Zeit.«

»Wann und wo kann ich es sehen?«

»Soweit sind wir noch nicht. Aber ich kann dir Fotos zeigen.«

Kaum hatte Marita ihr Smartphone aus der Handtasche geholt und die Bilder aufgerufen, riss Darius Zakhani ihr das Gerät aus der Hand. Gebannt versenkte sich der Kunsthändler in die Aufnahmen, zoomte in den zentralen Teil des Bildes, fixierte den hebräischen Text in dem Buch, das Matthäus auf seinem Schoß hält und begutachtete andere Details des Gemäldes. Seine Augen begannen zu leuchten.

»Also ist es doch nicht verbrannt«, sagte er.

»Wohl nicht.«

»Die Fotos sagen natürlich nicht viel. Aber wenn es wirklich echt ist, hast du mir nicht zu viel versprochen. Und wie kommen wir an das Bild ran?«

»Das kannst du vergessen.«

»Wie, was meinst du damit?«

»Ich will nicht, dass du versuchst, das Bild zu kaufen.«

»Weshalb bist du dann hier?«

»Ich möchte, dass es an die Öffentlichkeit kommt. Ich möchte, dass du mir hilfst, dass das Bild in ein Museum kommt oder zumindest ausgestellt wird.«

»Und wie soll ich das anstellen?«

»Du könntest den Besitzer dazu überreden.«

»Warum machst du das nicht selbst?«

»Als Kunsthändler bist du eine Autorität. Du kannst viel besser argumentieren als ich. Du hast Kontakte. Du weißt, wo man es unterbringen könnte. Vielleicht kauft es ja ein Museum an. Das könntest du vermitteln.«

Darius Zakhani lachte schallend auf.

»Das kannst du vergessen. Wenn das wirklich echt ist, kann sich das kein Museum leisten.«

»Dann musst du ihn dazu bringen, es als Leihgabe herauszurücken.«

Zakhanis Augen blitzten auf.

»Wen?«

Marita zuckte zusammen. Sie musste vorsichtig sein mit dem, was sie sagte.

»So nicht, mein Lieber. Erst einmal müssen wir uns einig werden.«

»Du wirfst mir vor, nur ans Geld zu denken und spekulierst selbst auf einen Anteil, oder wie?«

»Unsinn. Ich will kein Geld. Du weißt, worum es mir geht.«

Zakhani schwieg erneut. Er kratzte sich an der Nase. Marita lächelte. Das hatte er schon früher immer getan, wenn er intensiv nachdachte. Schließlich hob er den Kopf und sah Marita in die Augen.

»Falls ich dir tatsächlich helfe, was springt für mich dabei heraus?«

»Finanziell wahrscheinlich wenig. Aber du hättest Publicity. Stell dir vor, du als Entdecker eines verloren geglaubten Caravaggios.«

»So schnell geht das ja nicht. Zunächst müsste das Bild begutachtet werden. Vorher kann man gar nichts sagen.«

»Das ist mir schon klar.«

Zakhani lehnte sich im Sessel zurück und schloss die Augen.

»Also gut, ich will sehen, was ich tun kann. Spuck es aus: Wem gehört das Bild, und wo ist es?«

Plötzlich ergriffen Marita Zweifel. Konnte sie Darius wirklich vertrauen? Sie kannte die Geldgier ihres Exfreundes. Aber sie kannte auch seine Liebe zur Kunst. Damals hatten sie eine Ausstellung nach der anderen besucht und Stunde um Stunde über die Bilder diskutiert.

Marita musste jetzt die Entscheidung treffen. Nach kurzem Zögern schrieb sie Dr. Engelhardts Adresse auf einen Zettel.

»Hier, das ist der Besitzer.«

»Ach, sieh an, den kenne ich. Der hat schon einiges bei mir gekauft.«

»Na umso besser.«

»Bei ihm hast du das Bild entdeckt? Wo hat er es denn hängen?«

»Das kannst du ihn selbst fragen. Und du tätest mir einen großen Gefallen, mich nicht zu erwähnen. Dr. Engelhardt hat keine Ahnung, dass ich von der Existenz des Bildes weiß.«

»Das auch noch. Aber gut, ich werde nicht erwähnen, dass wir uns kennen.«

»Und sag mir Bescheid, was du erreicht hast, bitte.«

»Ja, natürlich.«

Marita spürte, dass die Stimmung umgeschlagen war. Darius schien sich plötzlich nicht mehr für sie zu interessieren. Er drängte sie geradezu zum Aufbruch. Sie bekam einen flüchtigen Kuss auf die Wange und wurde mehr oder weniger aus dem Laden geschoben. Sie hörte, wie Darius hinter ihr die Ladentür verschloss.

Auf der Rückfahrt nach Wanne-Eickel war Marita sich überhaupt nicht mehr sicher, ob sie das Richtige getan hatte. Sie konnte es nur hoffen.

6

Wie so oft lag Rafael Schelbert auf seinem Balkon und döste. Für Mitte September war es ungewöhnlich warm. Sein Blick streifte die Blumenkästen, in denen einige seiner Gewürzkräuter bereits zu verdorren begannen. Auch dieses Stadium im Leben einer Pflanze, hatte er argumentiert, besitze seine eigene Schönheit. Und es spiegele die Unbarmherzigkeit der Natur, die für alle Lebewesen unausweichlich den Tod vorgesehen hat. Das war es auch, was ihm an den antiken Mythen und Erzählungen wie der ›Odyssee‹ so gut gefiel. Sie fassten die Schicksalhaftigkeit von Leben und Tod in leibhaftige Bilder.

Das Smartphone-Klingeln unterbrach den Fluss seiner Gedanken. Die Nummer erkannte er sofort. Seit Tagen erwartete er diesen Anruf.

Nach dem kurzen Gespräch rief er sofort Maurice an.

»Was ist?«

Schelbert kannte diesen ruppigen Ton. Er hatte nichts anderes erwartet. Maurice wurde ungern bei der Arbeit unterbrochen. Schelbert wusste, dass er an einem Auftrag mit knapper Zeitvorgabe saß. Er hatte sogar den morgendlichen Espressobesuch abgesagt.

»Entschuldige, dass ich dich störe. Aber ich brauche dich. Karlheinz Engelhardt, der Anwalt, du erinnerst dich? Er hat angerufen.«

»Ist das der, den uns unser letzter Klient vermitteln wollte?«

»Genau.«

»Den hatte ich beinah schon abgeschrieben.«

»Ich auch, aber jetzt hat er sich gemeldet. Wir sollen so schnell wie möglich zu ihm.«

»Was will er denn von uns?«

»Es geht um den Transport eines Gemäldes.«

»Ein Transport? Was soll das? Wir sind eine Detektei und kein Transportunternehmen.«

»Ja, ich weiß. Aber wir brauchen Aufträge. Der Laden muss schließlich laufen. Lass uns doch mal hören, was er für uns hat.«

»Du weißt, dass mir das gerade gar nicht passt.«

»Ja, aber ich brauche dich. Du musst mitkommen.«

»Na gut, ich komme runter. Hol mich unten ab.«

Zu Fuß waren es keine fünf Minuten von Schelberts Wohnung zu Maurice' Dachgeschoss-Apartment. Mit dem Wagen waren es zwei. Maurice stieg ein und ließ sich in den Ledersitz des Bentley fallen.

»Ich muss schnell zurück. Du weißt, dass ich eine Deadline habe.«

»Ja, das ist mir klar.«

Nicht weit von ihren beiden Wohnungen entfernt hielten die Detektive vor einem Bungalow aus den fünfziger Jahren. Die Außenwand benötigte dringend einen neuen Anstrich. Den Dachschindeln mit ihrem leicht grünlichen Moosbelag war aller Glanz abhandengekommen, und die dunkelbraunen Doppelglasfenster stammten offensichtlich aus den neunziger Jahren.

Schelbert schätzte den Mann, der ihnen die Tür öffnete, auf Mitte fünfzig. Er hatte einen dynamisch auftretenden Menschen erwartet. Engelhardt war Staranwalt für Wirtschaftsbelange. Aber vor ihm stand eine unscheinbare, mit einer braunen Cordhose und einer altmodischen grünlichen Strickjacke gekleidete Gestalt.

Der Jurist bat sie herein. Sie betraten das Wohnzimmer. Gelsenkirchener Barock, schoss es Schelbert beim Anblick der holzfurnierten Schrankwand und der dunkelbraunen, klobigen Ledersessel durch den Kopf. Im hinteren Bereich des Raums stand Engelhardts Schreibtisch. Der Anwalt durchquerte das Zimmer, trat in einen Flur und blieb vor einer Tür stehen. Schelbert fiel auf, dass sie mit einem Sicherheitsschloss ausgestattet war. Engelhardt zückte einen Schlüssel, öffnete, betätigte den Lichtschalter und forderte die beiden Detektive auf, einzutreten. Linker Hand hing ein alter Gobelin. Mit einem Ruck riss Engelhardt ihn herunter.

Rafael Schelbert erstarrte. Im ersten Moment dachte er, er sei einer Halluzination erlegen.

»Was ist mit Ihnen?«, fragte Engelhardt. »Ist Ihnen nicht gut?«

Schelbert antwortete nicht, immer noch geblendet von dem, was er da sah. Jetzt zahlten sich seine Studien in bildender Kunst aus. Er kannte dieses Bild, sehr gut sogar. Mit Caravaggio hatte er sich lange beschäftigt. Er bewunderte diesen Maler. Ihm gefielen die meisten Bilder, und was da an der Wand hing, gehörte zu den fünf Arbeiten des Meisters, die er besonders schätzte. Aber diese konnte gar nicht hier sein.

»Das Bild ist doch verbrannt«, entfuhr es ihm.

Eine Kopie, dachte Schelbert, und trat näher an die Leinwand heran. Engelhardt trat so dicht hinter ihn, dass Schelbert den Atem des Anwalts im Nacken spürte.

»Sie kennen das Bild?«, fragte Engelhardt.

»Ja, aber das kann doch nicht das Original sein.«

»Doch, das ist es.«

»Woher wissen Sie das? Sind Sie völlig sicher?«

»Ja. Sie können mir glauben.«

»Haben Sie hier mehr Licht?«

»Nein. Aber wir können die Leinwand ins Wohnzimmer bringen.«

Schelbert und Maurice trugen das Gemälde aus der Kammer und lehnten es gegen die Schrankwand. Schade, dachte Schelbert, dass Engelhardt den angedunkelten Firnis nicht hatte erneuern lassen. Dann käme die Leuchtkraft der Farben besser zum Ausdruck. Schelbert drehte sich zu dem Anwalt um.

»Darf ich es anfassen?«

»Wenn Sie vorsichtig sind, bitte.«

Behutsam strich Schelbert mit dem Finger über den Engelsflügel. Er wusste von dem Skandal, den das Bild damals ausgelöst hatte. Mit seiner widerständigen, den Zeitgeist provozierenden Ausführung des biblischen Motivs war Caravaggio bei seinen Auftraggebern durchgefallen. Er musste eine zweite Fassung malen, die Schelbert im Vergleich zur ersten viel konventioneller, ja sogar langweilig fand. Maurice hatte ihm vorgeworfen, er übertreibe, obwohl auch er die erste Version bevorzugte.

»Es stimmt schon. Der Engel wirkt im ersten Bild viel lebendiger«, hatte er zugegeben.

»Eben. Und wäre er schwarzhaarig, sähe er genauso aus wie du.«

»Und er ist genau dein Typ, habe ich Recht?«

Schelbert konnte nicht umhin, seinem Freund zuzustimmen. Die schmale Gestalt, die weichen Gesichtszüge und das lockige Haar hatten ihm auch an Maurice sofort gefallen. Außerdem hatte das Bild etwas stark Erotisches an sich. Der transparente Umhang des Engels gab mehr frei, als er verdeckte, und die Körperhaltung hätte nicht aufreizender sein können. Hätte Caravaggio heute gelebt, hatte Schelbert Maurice gegenüber geäußert, dann wäre er vielleicht Aktfotograf geworden. Engelhardt riss ihn aus seinen Gedanken.

»Schön, dass Ihnen das Bild gefällt. Doch lassen Sie uns zur Sache kommen. Können Sie es für mich transportieren? Es soll ins Ausland. Ich zahle Ihnen Zehntausend plus Spesen und weitere Zehntausend, sobald die Sache abgeschlossen ist.«

Zwanzigtausend Euro waren ein Spitzenhonorar. Schelbert wandte den Blick von der Leinwand ab, senkte den Kopf und rückte, wie so oft, wenn er nachdachte, seine schwarze Hornbrille zurecht.

»Warum wollen Sie das Bild wegschaffen?«

»Ich habe meine Gründe.«

»Und die wären? Wir müssen schließlich wissen, womit wir es zu tun haben.«

»Sie sind mir wegen Ihrer Diskretion empfohlen worden. Kann ich mich darauf verlassen, dass Sie absolutes Stillschweigen bewahren?«

»Selbstverständlich.«

»Also gut. Jemand hat von der Existenz dieses Bildes erfahren. Ich habe keine Ahnung, wie das möglich war. Seit Jahrzehnten hängt es hier, und niemand wusste davon. Jetzt sitzt mir ein Kunsthändler im Nacken. Er hat mich eben besucht und will das Bild kaufen.«

»Wer ist das?«

»Darius Zakhani. Er hat eine Galerie in Düsseldorf. Jedenfalls tauchte er hier plötzlich auf. Ich habe mir nichts Böses dabei gedacht. Ein paar Mal schon hat er mir Bilder verkauft. Und jetzt macht er mir aus heiterem Himmel ein Angebot für den Caravaggio, von dem er gar nichts wissen kann. Ich habe das natürlich abgeschmettert. Das allein hätte mich nicht so beunruhigt. Aber sein Mitarbeiter hat mich ganz komisch angesehen.«

»Welcher Mitarbeiter?«

»Ben Mertens heißt er. Weshalb wollen Sie das wissen?«

»Je mehr wir wissen, desto besser. Warum beunruhigt dieser Mertens Sie derart?«

»Ich weiß es nicht, aber ich habe ein ganz ungutes Gefühl. Zakhani ist gerissen. Er hat diesen Mertens mitgebracht, um mich einzuschüchtern. Sie haben nicht gesehen, wie der hier in meinem eigenen Haus aufgetreten ist. Er hat mehr oder weniger offen gedroht, das Gebäude zu durchsuchen. Ich bin kein ängstlicher Mensch, aber ich dachte, jeden Moment steht er auf und attackiert mich oder schlägt mich zusammen. Zakhani hat einfach daneben gesessen und gegrinst. Ich befürchte, die wollen hier einbrechen und das Bild stehlen. Es ist hier nicht mehr sicher.«

»Haben Sie denn keine Alarmanlage?«

»Natürlich, aber meinen Sie, ein Typ wie Mertens lässt sich davon abhalten? Ich kenne den schon länger über meinen Kontakt zu Zakhani. Er war früher Polizist. Der weiß, wie man ein Sicherheitssystem umgeht.«

Schelbert las die Furcht in Engelhardts Augen. Natürlich hatte der Anwalt recht. Einem professionellen Einbruch wäre er hilflos ausgeliefert.

»Warum dann aber wir? Warum lassen Sie das Bild nicht von einem Transportunternehmen wegbringen? Die sind auf so etwas doch viel besser eingerichtet.«

»Ich brauche jemanden, der das persönlich erledigt und die Leinwand keinen Moment aus den Augen lässt. Ich brauche jemanden, auf dessen absolute Diskretion ich mich verlassen kann. Außerdem ist das eine Frage der Zeit. Bis ich ein Transportunternehmen organisiert habe, ist es zu spät. Das Bild muss sofort weg, und zwar jetzt. Ich habe deren Blicke gesehen. Die werden nicht lange warten.«

»Und wo soll das Bild hin?«

»Nach Montenegro.«

Eine ganz schöne Strecke, dachte Schelbert. Er blickte zu Maurice. Bisher hatte er noch kein Wort von sich gegeben. Jetzt zuckte er mit den Schultern.

»Also gut, wir machen das«, sagte Schelbert. »Wir sollten aber die Leinwand vom Holzrahmen lösen und einrollen. Dann lässt sie sich leichter und unauffälliger transportieren.«

»Einverstanden.«

»Und ich muss mir ein Fahrzeug leihen. Unser Wagen ist viel zu auffällig. Außerdem bin ich mir nicht sicher, ob das Bild da überhaupt reinpasst.«

»Richtung Autobahn ist eine Autovermietung.«

Schelbert hielt einen Moment inne.

»Wo eigentlich haben Sie das Bild her?«

»Das erzähle ich Ihnen vielleicht, wenn Sie wieder da sind. Jetzt müssen wir sehen, dass Sie hier so schnell wie möglich wegkommen.«

Auf der Fahrt zur Autovermietung räusperte sich Maurice.

»Irgendwie gefällt mir das nicht«, sagte er.

»Was gefällt dir daran nicht? Das ist ein einfacher Auftrag mit einem Spitzenhonorar.«

»Es gefällt mir trotzdem nicht.«

»Warum hast du dann nichts gesagt? Und seit wann hörst du auf dein Bauchgefühl?«

»Du bist schon einmal fast erschossen worden.«

»Was hat denn das hiermit zu tun?«

»Nichts, ich habe eben ein ungutes Gefühl. Irgendetwas stimmt da nicht.«

»Was soll das sein? Ich erledige das, und wir kassieren eine Menge Geld.«

Maurice widersprach nicht, aber seine Miene blieb verschlossen. Als Schelbert sich für einen weißen Golf entschied, nickte er nur.

Schweigend kehrten sie zu Engelhardt zurück. Mit wenigen Handgriffen entfernte Schelbert die Mittelstütze der Rückbank, sodass er das inzwischen zusammengerollte und in dicke Plastikfolie verpackte Gemälde durchschieben konnte. Engelhardt überreichte ihm ein Kuvert. Schelbert öffnete den Umschlag. Er enthielt einen Schlüssel und einen Zettel mit einer Adresse in der montenegrinischen Stadt Ulcinj. Dorthin solle er fahren, sagte Engelhardt, das Bild abstellen und Vollzug melden. Dann wäre sein Auftrag erledigt.

»Und entsorgen Sie anschließend den Wohnungsschlüssel, sodass ihn niemand finden kann.«

»Ich soll ihn wegschmeißen?«, fragte Schelbert.

»Ja, genau.«

»Warum denn das?«

»Tun Sie es einfach, ja?«

Schelbert runzelte die Stirn, fragte jedoch nicht weiter nach. Engelhardt war der Auftraggeber, und er verlangte nichts Ungesetzliches von ihm.

Als sie das Haus verließen, fiel Schelberts Blick auf einen schwarzen Porsche, der nicht weit entfernt am Straßenrand parkte. Er stieß Maurice an und lächelte.

»Sieh mal. Noch so ein Angeberfahrzeug, wie unseres.«

»Da sitzt einer drin. Ich notiere mir mal das Kennzeichen.«

»Wieso denn das?«

»Wer weiß. Mir kommt es vor, als beobachtet er das Haus.«

»Meinst du? Ist das vielleicht dieser Mertens?«

»Es kann nicht schaden, das zu kontrollieren.«

Schelbert wusste, dass es für Maurice ein Leichtes war, den Halter des Fahrzeugs zu ermitteln. Es war illegal, aber das war seinem Freund egal.

»Ist gut. Aber lass uns jetzt los«, sagte Schelbert.

»Wir fahren zuerst bei mir vorbei. Ich baue dir einen GPS-Sender und eine Dashcam ein. So habe ich dich wenigsten im Auge.«

Säße ihm nicht der Ablieferungstermin im Nacken, dachte Schelbert, müsste ich nicht allein fahren. Ihn rührte Maurice' Umsichtigkeit. Sein Freund dachte immer an alles und sorgte sich um sein, Rafaels, Wohlergehen. Schelbert durchströmte ein Gefühl von Geborgenheit.

7

Camilla hatte ihn nie gefragt. Aber einmal war es Karlheinz herausgerutscht. Er hatte ihr den Job wegen ihrer Entschlossenheit, ihrem kaum zu brechenden Willen und ihrer Furchtlosigkeit angeboten. Das war es, nicht ihre Kampfausbildung und auch nicht ihr Aussehen, obwohl dieses ihrer Arbeit sehr zugute kam. Mittelgroß und mit einem Allerweltsgesicht, das von braunen, halblangen Haaren umrahmt wurde, fiel sie nirgends auf. Sie konnte sich durch die Menge bewegen, ohne wahrgenommen zu werden.

Jetzt hatte Karlheinz wegen Problemen mit Zakhani angerufen.

Dass es dazu kommen würde, wunderte Camilla nicht. Karlheinz' Sympathie für den Kunsthändler hatte sie nie geteilt. Dass er ständig exquisite Stücke auftrieb und den Sammlerehrgeiz ihres Chefs befriedigte, hieß nicht, dass man ihm trauen konnte. Aber Karlheinz war auf diesem Ohr taub. Sie fragte sich, wo Zakhani diese Kunstwerke immer wieder herbekam. Da konnte etwas nicht stimmen. Und dann nervte sie diese arrogante Selbstzufriedenheit, mit der er durch seine Galerie stolzierte. Jedes Mal, wenn Camilla ihn sah, drängte es sie, ihm in die Fresse zu schlagen.

Karlheinz hatte ihr mehrfach vorgeworfen, in Zakhanis Gegenwart immer so ein unfreundliches Gesicht zu ziehen. Der Kunsthändler sei doch ein höflicher und zuvorkommender Mensch. Ja, solange er Geld verdient, hatte Camilla erwidert. Und an Karlheinz verdiente er eine Menge Geld. Aber jetzt hatte Zakhani ihrem Chef offen gedroht. Camilla hätte nicht gedacht, dass der Kunsthändler so weit gehen würde. Aber es passte natürlich ins Bild.

»Viel schlimmer ist Mertens«, sagte Karlheinz. »Den hättest du heute mal erleben sollen. Einen Moment lang habe ich gedacht, der haut mir gleich eine rein.«

Camilla kannte Ben Mertens von den Besuchen in Zakhanis Galerie. Meistens stand er stumm dabei und beobachtete. Ein Blick hatte Camilla genügt, um zu wissen, mit wem sie es zu tun hatte. Der Typ war verschlagen, skrupellos und gewalttätig. Ihr konnte er keine Angst machen. Sie würde mit ihm fertig werden. Aber Karlheinz wäre ihm, käme es darauf an, wehrlos ausgeliefert.

»Und? Was willst du jetzt tun?«, fragte sie.

»Ich habe eine Detektei beauftragt, Schelbert-Lichtenberg-Investigations. Die fahren das Bild nach Montenegro.«

»Wie ›fahren‹? Sind die schon unterwegs?«

»Ja, sie sind gerade aufgebrochen.«

Camilla schwieg. Das verstand sie nicht. Normalerweise war sie für solche Jobs zuständig.

»Bist du noch dran?«, fragte Karlheinz.

»Warum hast du nicht mich mit dem Transport beauftragt?«

»Das ist ein besonderes Bild.«

»Ja und?«

»Von diesem Bild weiß niemand etwas, noch nicht einmal du. Es hing hier in meiner Abstellkammer. Es ist ein Erbstück von meinem Vater.«

»Und warum machst du so ein Geheimnis darum?«

»Sagt dir der Name ›Caravaggio‹ etwas?«

»Kommt mir bekannt vor. Du hast den sicher mal erwähnt.«

Camilla schätzte Karlheinz' Bemühen, ihr etwas über Kunst beizubringen. Aber sie konnte einfach nicht verstehen, was an dem ganzen Gekleckse so Besonderes sein sollte und warum manche Menschen Unsummen für diese Bilder ausgaben. Das einzige, was sie an Gemälden bewunderte, war ihr unglaublicher Wertzuwachs.

»Es ist ein berühmtes Bild«, sagte Engelhardt, »und mehr wert als alle meine anderen zusammen. Jeder, der sich mit Kunst beschäftigt, kennt es. Alle glauben, dass es im Krieg zerstört wurde. Würde bekannt, dass ich es habe, bräche hier die Hölle los. Deshalb darf niemand wissen, dass es noch existiert.«

»Aber wenn es niemand weiß, wie hat Zakhani davon erfahren?«

»Das ist es ja. Das ist mir ein völliges Rätsel. Ich weiß es nicht. Deshalb muss das Bild so schnell wie möglich verschwinden. Dazu brauche ich dich. Ich möchte, dass du dem Detektiv hinterherfährst und den Transport absicherst. Er stellt es in Ulcinj ab. Bring es dann bitte in den Keller.«

Schon wieder, dachte Camilla. Erst drei Wochen zuvor war sie am Ort von Karlheinz' gut versteckter Sammlung gewesen und hatte eine Neuerwerbung an ihren Platz gehängt. Es sei ein berühmtes Gemälde des Expressionismus, hatte er ihr erklärt. Er mit seinem Bilderfimmel musste es ja wissen.

»Du erwartest also Schwierigkeiten?«

»Möglicherweise.«

»Muss ich etwas wissen?«

»Nicht mehr, als du schon über Zakhani und Mertens weißt. Folge dem Detektiv und pass einfach auf ihn auf. Du wirst schon das Richtige tun.«

»Wieso hast du gerade diese Detektei genommen? Ich habe den Namen noch nie gehört.«

»Weil sie mir empfohlen wurde. Die sollen absolut diskret sein. Ach ja, ich habe einen GPS-Sender an der Leinwand angebracht. So kannst du das Bild im Auge behalten.«

»Wann sind sie aufgebrochen?«

»Vor zehn Minuten. Du wirst ihn schon noch einholen.«

»Ihn?«

»So wie ich das verstanden habe, fährt nur einer von den beiden.«

Camilla notierte sich Wagentyp und Nummernschild des Fahrzeugs und die Telefonnummer des Detektivs und legte auf. Sie hatte verstanden, was Karlheinz von ihr erwartete. Dem Detektiv würde auf seiner Fahrt nichts geschehen.

Ihre Gedanken schweiften zurück zu dem Tag, an dem sie ihrem Chef zum ersten Mal begegnet war. Er war als ihr Pflichtverteidiger bestellt. Beim Anblick des gemütlichen älteren Herrn, der in den Vernehmungsraum trat, sank Camillas Hoffnung, heil aus der Sache herauszukommen. Er befragte sie nur kurz. Aber dann im Prozess fiel seine kleinbürgerliche Fassade von ihm ab und ein knallhart verhandelnder Anwalt kam zum Vorschein, der ihren Freispruch erzielte.

Sie hatte einen Mann angegriffen, der jetzt mit eingegipstem Arm im Gerichtssaal saß. Ihrem Verteidiger hatte sie wahrheitsgemäß berichtet, dass sie diesem Herrn zuvor die Geldbörse aus der Tasche gezogen hatte. Der Mann hatte das bemerkt und sie am Arm gepackt. Sie hatte zurückgeschlagen.

Nach dem Prozess hatte der Anwalt sie um ein Gespräch gebeten.

»Und jetzt?«, hatte er gefragt. »Wenn Sie so weiter machen, sehen wir uns bald wieder. Und dann geht das nicht mehr so glimpflich aus.«

Camilla hatte sich das nicht anhören wollen. Sie war bisher sehr gut mit ihrem Leben klargekommen. Sie wollte aufstehen und den Raum verlassen, als der Anwalt weitersprach.

»Ich könnte jemanden wie Sie gebrauchen.«

»Wie?«

»Im Gericht haben Sie das unschuldige Mädchen gespielt. Tolle Leistung, aber mir können Sie nichts vormachen. Sie haben einen großen und schweren Mann einfach so zu Boden geworfen. Die Zeugin hat es genau geschildert. Es sei unglaublich schnell gegangen, da habe er schon geschrien und mit gebrochenem Arm dagelegen.«

Dann hatte der Anwalt sie angelächelt.

»Wissen Sie, ich habe oft mit Leuten zu tun, bei denen ich Unterstützung brauchen könnte, jemanden mit Ihren Fähigkeiten. Wenn Sie wollen, hätte ich gleich etwas für Sie.«

Er bot ihr einen Job an, eine richtige Arbeit. Sie würde sich nicht mehr mit Diebstählen über Wasser halten müssen. Die Tür zu einem neuen, vielleicht besseren Leben hatte sich geöffnet. Sie musste sie nur noch durchschreiten. Spontan sagte sie zu. Seitdem erledigte sie Dinge für ihn. Sie löste Probleme.

Camilla rief die Homepage der Schelbert-Lichtenberg-Investigations auf. Offenbar waren das Neulinge in der Szene. Karlheinz' Entscheidung, diesen Auftrag unerfahrenen Leuten zu übertragen, gefiel ihr nicht. Wie auch immer, sie musste los. Je eher sie den Detektiv einholte, desto besser. Sie aktivierte die GPS-Ortung. Er hatte schon einen beträchtlichen Vorsprung eingefahren. Selbst mit ihrem flotten Audi A3 würde sie eine Weile brauchen, um ihn einzuholen.

Sie schnappte sich ihre Reisetasche und ihre Pistole. Ein paar Mal schon hatte sie die Waffe einsetzen müssen. Sie hatte sie irgendwann mal irgendwo mitgenommen. Karlheinz wusste nichts von dem illegalen Schussgerät. Es war ihr völlig klar, dass sie damit ein Risiko einging. Karlheinz könnte ihr helfen, einen Waffenschein zu beantragen und das Ganze offiziell zu machen. Schon etliche Male hatte sie ihn darauf ansprechen wollen. Diesmal musste es noch inoffiziell gehen. Camilla setzte sich hinters Steuer und gab Gas.

8

Rafael Schelbert wollte möglichst durchfahren. Je eher er ankam, desto besser. Hinter Frankfurt würde er die Autobahn Richtung Würzburg und Regensburg nehmen. Dann müsste er ein kurzes Stück durch Österreich. Der Rest der Strecke verlief durch die Staaten des ehemaligen Jugoslawiens. Das Navigationsgerät zeigte eine Fahrtzeit von knapp zweiundzwanzig Stunden an.

Eigentlich war Schelbert ein überzeugter Verfechter von Tempo hundert. Es reiche völlig aus, argumentierte er. Würden sich alle daran halten, gäbe es weniger giftige Abgase, weniger Staus und jeder wäre schneller am Ziel. Saß er aber hinter dem Steuer des Bentley, verflogen diese Argumente. Wenn man schon einmal im Leben ein solches Auto fährt, rechtfertigte er sich gegenüber Maurice, dann müsse man dessen gewaltige Motorkraft auch nutzen. Außerdem ginge es ja kaum anders. Man brauche ja nur das Gaspedal berühren, schon schösse der Wagen voran. Maurice hatte ihn nur mit skeptischem Blick angesehen. Er brauchte es nicht auszusprechen. Schelbert wusste selbst, dass er schlicht und einfach dem Rausch der Geschwindigkeit verfallen war.

Jetzt aber gab es gewichtige Gründe, schnell zu fahren. Da konnte Maurice ihm keine Inkonsequenz vorwerfen. Er hatte einen Auftrag zu erledigen, bei dem es auf Zeit ankam. Er sollte sein Ziel so bald wie möglich erreichen. Er versuchte, Tempo hundertdreißig zu halten.

Das Mobiltelefon meldete einen Anruf.

»Erinnerst du dich an den Porsche?«, fragte Maurice.

»Natürlich. Ich habe dich doch selbst auf den Wagen aufmerksam gemacht.«

»Der gehört tatsächlich diesem Kunsthändler, Darius Zakhani, von dem Engelhardt gesprochen hat.«

»Dann hat der also vor dem Haus gestanden?«

»Es sieht ganz so aus.«

»Das klingt nicht gut.«

»Und dieser Ben Mertens, sein Mitarbeiter, hat seinen Job als Polizist verloren, und rate mal warum.«

»Du wirst es mir gleich sagen.«

»Gewaltausübung im Amt. Der ist gefährlich.«

»Und?«

»Na, warum wohl hat der Wagen vor Engelhardts Haus gestanden? Es könnte doch sein, dass die dir folgen. Der hat doch gesehen, wie wir das Bild eingeladen haben.«

Unwillkürlich blickte Schelbert sich um. Dass ihm eventuell Gefahr drohte, hatte er noch gar nicht bedacht. Er war nicht der Typ, der ständig Bedenken wälzte wie Maurice. Er verließ sich auf sein Vermögen, schnell reagieren zu können und in kritischen Situationen nicht die Nerven zu verlieren.

»Ich kann keinen Porsche sehen«, sagte er.

»Gut, aber behalte den Rückspiegel im Auge. Ich habe ja gesagt, dass mir die Sache nicht gefällt.«

»Was soll schon passieren?«

»Du und deine Sorglosigkeit! Wenn der wirklich hinter dir her ist, kann viel passieren. Und jetzt hast du noch nicht einmal eine Waffe dabei.«

»Schon wieder dieses Thema.«

»Wie willst du ihm begegnen, wenn er dich angreift?«

»Wir wissen doch noch nicht einmal, ob er wirklich hinter mir her ist. Woher soll der überhaupt wissen, wo ich bin?«

»Mertens ist Ex-Polizist. Der weiß, wie man jemanden unauffällig verfolgt.«

»Wie auch immer, ich habe vor, durchzufahren. Ich muss nur zum Tanken halten. Da wird schon nichts geschehen.«

Schelbert spürte Maurice' Zweifel. Er konnte das besorgte Gesicht seines Freundes vor seinem geistigen Auge sehen.

»Mach dir nicht so viele Gedanken«, sagte er. »Ich komme gut voran.«

»Ruf mich auf jeden Fall an, sobald dir irgendetwas Ungewöhnliches auffällt.«

»Mache ich«, sagte Schelbert und legte auf.

Maurice' ständige Befürchtungen und Bedenken nervten ihn nicht zum ersten Mal. Auch die Pedanterie seines Freundes rüttelte hin und wieder an Schelberts Geduld. Aber natürlich schätzte er die Gewissenhaftigkeit, mit der Maurice sich um die Dinge kümmerte. Was er selbst übersah, hatte sein Freund im Auge. Er konnte immer sicher sein, dass Maurice an alles dachte. Er konnte ungesehen auf seine Recherchen vertrauen. Schon ein paar Mal hatten sie ihnen die Erledigung eines Auftrags sehr erleichtert. Wenn es etwas herauszufinden gab, Maurice fand es heraus.

Schelbert empfand es immer wieder als Fügung des Schicksals, dass sie sich begegnet waren. Das konnte einfach kein Zufall sein. Er hatte es nie ausgesprochen. Immer wenn er solche Gedanken äußerte, schnaubte Maurice abfällig. Tatsache war, dass sich durch ihr Zusammentreffen Grundlegendes in Schelberts Leben geändert hatte. Maurice hatte ihm den entscheidenden Impuls für seine Existenz als Detektiv gegeben. Jahrelang hatte er studiert und sich ein breites Wissen über Literatur, Malerei und Philosophie angeeignet. Immer wieder hatte er sich von Maurice anhören müssen, er könne nicht ewig vor sich hinstudieren und ziellos durchs Leben treiben. Er müsse fokussierter handeln und sich auf etwas konzentrieren. Er brauche eine Aufgabe und eine Richtung. Eines Tages dann stand Maurice vor dem Regal mit Schelberts Büchersammlung zum Thema Kriminologie, die zu Schelberts zahlreichen Interessensgebieten gehörte, warum, hätte er nicht sagen können. Es war eben so. »Warum machst du das eigentlich nicht beruflich?«, hatte Maurice gefragt. Ein paar Tage später hielt Rafael seinen Gewerbeschein in den Händen und hatte bei der Industrie- und Handelskammer Kurse gebucht, um ein Zertifikat als geprüfter Privatermittler zu erhalten.

Vor ein paar Monaten schließlich folgte die Eröffnung der Detektei. Sie löste bei Schelbert das Gefühl aus, als habe man in ihm einen Schalter umgelegt. Erst jetzt bemerkte er, welche Last er mit der Ungewissheit über seine Zukunft mit sich herumgeschleppt hatte. Jetzt war alles anders. Er hatte das Gefühl, endlich auf dem richtigen Weg zu sein, vielleicht sogar seine Berufung gefunden zu haben. Maurice war als IT-Spezialist und Hacker eine ideale Ergänzung. Das konnte einfach kein Zufall sein. Sie waren wie zwei Hälften einer Einheit, dachte Schelbert, und das nicht nur im Beruf.

Paris, 1815

Johannes Erbstollen seufzte auf. Die Aufträge Seiner Majestät waren nicht immer leicht zu erfüllen. Aber meistens war er erfolgreich damit. Nicht ohne Grund bekleidete er seinen Posten als Berater nun schon viele Jahre. Und er wurde nicht schlecht dafür honoriert. Die Anstrengungen, die diese Arbeit mit sich brachten, zahlten sich in barer Münze aus.

Diesmal würde es besonders knifflig werden. Er kannte Féréol Bonnemaisons Hartnäckigkeit, die allerdings der Unnachgiebigkeit des Königs, den er vertrat, in nichts nachstand.

Mit Bonnemaison verband ihn eine berufliche Freundschaft, die auf gegenseitigem Vertrauen beruhte. Nicht zum ersten Mal würde er bei dem Franzosen kaufen. Unmengen Geld hat der schon mit mir verdient, dachte er. Jetzt hatte Bonnemaison einen Köder ausgeworfen, dem der Kunst liebende Friedrich Wilhelm nicht widerstehen konnte.

»Mein lieber Féréol!«

Johannes Erbstollen betrat die mondänen Verkaufsräume des Kunsthändlers. Früher hatte er selbst eine ähnliche Galerie besessen.

»Ah, Johannes, wie schön, Sie zu sehen.«

Erst jetzt bemerkte der des Deutschen mächtige Bonnemaison die Anwesenheit des Preußenkönigs, der lächelnd neben seinem Kunstexperten stand. Nach einem kurzen Moment des Erschreckens verbeugte sich Bonnemaison tief und erwies dem Herrscher seine Reverenz.

Erst gestern war Friedrich Wilhelm in Paris angekommen, um die Friedensverhandlungen mit den bei Waterloo endgültig bezwungenen Franzosen aufzunehmen. Dass er sich nicht schon heute mit seinen Kollegen, dem Österreicher Franz und dem Russen Alexander traf, hatte nichts mit dem gräulich trüben und kalten Wetter des beginnenden Novembers zu tun, das die ganze Stadt in einen feuchten Nebel tauchte und auf die Stimmung drückte. Er wollte endlich die Sammlung sehen, die, so wurde ihm gesagt, wunderbare Bilder seiner Lieblingsmaler Claude Lorrain, Guido Reni und Michelangelo Merisi, genannt Caravaggio, enthielt.

Der König stotterte einen kurzen Gruß. Erbstollen hatte Bonnemaison von der Sprechhemmung des Herrschers erzählt. Ohne es zu wollen blieben dem König die Worte im Halse stecken, sodass seine Sätze, auch wenn es nicht so gemeint war, ruppig und unfreundlich klangen.

»Wie Sie sicher vermuten, Féréol«, sagte Erbstollen, »wäre Ihre Majestät sehr angetan, das Konvolut zu sehen. Wie viele Exemplare umfasst es denn nun? Sie haben uns ja mit ihren vagen Angaben ganz schön auf die Folter gespannt.«

Das kurze Schreiben von Bonnemaison hatte nicht viel verraten, nur dass die Bilder aus dem Bestand der römischen Familie Giustiniani stammten. Erbstollen wusste von der bedeutenden Sammlung und von den heftigen Erbstreitigkeiten, die im Moment zwischen den Familienmitgliedern tobten.

»Ich habe die Bilder gerade noch einmal gesichtet. Es sind mehr als einhundertfünfzig, und ein paar ganz besondere sind dabei.«

»Nun denn, worauf warten wir?«, sagte Friedrich Wilhelm und schickte sich an, das Lager des Franzosen zu betreten.

Erbstollen setzte die Konversation fort.

»Wie sind Sie an die Bilder gekommen?«

»Ich habe sehr gute Kontakte nach Rom. Vor drei Jahren kam das Gerücht auf, dass die Gemäldesammlung versteigert werden solle. Dann kam ein Teil davon nach Paris. Ich habe mich sofort drangehängt und voilà, ein Viertel der Sammlung habe ich ergattern können.«

»Und warum haben Sie dann so lange mit dem Verkauf gewartet?«

»Ich wollte das Konvolut nicht auseinanderreißen. Ich dachte, es wird sich sicher jemand für das Ganze interessieren.«

Erbstollen wusste genau, dass Bonnemaison die Sache beschönigte. Die Napoleonischen Kriege waren alles andere als vorteilhaft für die Geschäfte des Franzosen gewesen. Seine Beziehungen zu den englischen Kunden hatten sehr gelitten. Auch wenn Bonnemaison es nicht zugeben wollte, die Giustiniani-Sammlung war derzeit de facto unverkäuflich und geschäftlich ein Reinfall für den Franzosen.

Bonnemaison wandte sich von Erbstollen ab und trat zum Herrscher, der gerade ein Prachtstück der Sammlung bewunderte.

»Das ist ›Der heilige Matthäus mit dem Engel‹, die erste Fassung. Sie wurde nie öffentlich ausgehängt, nur privat gezeigt.«

Friedrich Wilhelm nickte stumm. Jeder wusste, dass der König das Werk Michelangelo Merisis, genannt Caravaggio, liebte. Fünf Bilder dieses Meisters hatte Bonnemaison mit der Giustiniani-Sammlung gekauft. Erbstollen beobachtete, wie Bonnemaison Friedrich Wilhelm gezielt zu diesen Bildern führte. Der König studierte die Leinwände lange und gründlich. Als er sich ihm zuwandte, konnte Johannes Erbstollen die Entscheidung im Gesicht seines Herrn ablesen.

»Das ist eine einmalige Gelegenheit«, sagte Friedrich Wilhelm. »Wir kaufen das Ganze.«

Der König sprach so leise, dass Bonnemaison es nicht hören konnte.

»Führen Sie die Verhandlungen«, befahl er seinem Untergebenen.

»Wie weit kann ich gehen?«

»Verhandeln Sie. Sie wissen doch, dass unser Chef-Archäologe Hirt unbedingt ein Museum für unsere Bildersammlung möchte, und unser Architekt Schinkel hat mich auch schon bedrängt, es endlich bauen zu lassen. Damit könnten wir das rechtfertigen.«

Johannes Erbstollen, der den Geiz Seiner Majestät kannte, war erstaunt über dessen Kaufbereitschaft. Aber, dachte er, wo er Recht hat, hat er Recht. Er selbst unterstützte den Museumsplan, mit dem Aloys Hirt dem König schon seit vielen Jahren in den Ohren lag. Der Bau würde ein hübsches Sümmchen kosten, vor allem, wenn Friedrich Wilhelm tatsächlich Karl Friedrich Schinkel beauftragte. Aber dem preußischen Staat, meinte Erbstollen, würde ein repräsentatives Gebäude für die bereits vorhandene Gemäldesammlung gut anstehen. Jetzt hatten sie die unwiederbringliche Chance, ihren Bestand erheblich aufzuwerten.

Friedrich Wilhelm wandte sich wieder der Betrachtung der Gemälde zu. Zwei Stunden feilschte Erbstollen mit Bonnemaison, bis er schweißgebadet vor den König trat, einigermaßen stolz darauf, den zwar gewaltigen, für das Konvolut jedoch günstigen Preis von 540.000 Francs ausgehandelt zu haben.

9

Als Rafael Schelbert hinter Frankfurt auf die A 3 auffuhr, verdunkelte sich der Himmel. Dicke Wolken zogen auf. Wassertropfen begannen auf die Windschutzscheibe zu prallen. Bald schüttete es derart, dass die Scheibenwischer kaum noch ausreichend Sicht schaffen konnten. Notgedrungen verringerte Schelbert die Geschwindigkeit, bis er nur noch über die Autobahn kroch. Er schaltete das Radio ein. Die Verkehrsmeldungen informierten ihn über einen zwanzig Kilometer langen Stau, den er bald erreichen würde.

Er war so schön vorangekommen, und nun sollte er ewig herumstehen? Eigentlich war er ein geduldiger Mensch, aber jetzt erfasste ihn Unrast. Achthundert Meter blieben ihm für eine Entscheidung. Danach gäbe es keine Gelegenheit mehr, vor dem Stau die Autobahn zu verlassen. Zweihundert Meter vor der Ausfahrt gab er seiner Unruhe nach, setzte den Blinker und fuhr ab.

Er schaltete das Navigationsgerät ein. Normalerweise bevorzugte er Landkarten, hatte jetzt aber keine Zeit, anzuhalten und einen Weg zu suchen. Das Gerät geleitete ihn über enge Landstraßen und durch winzige Orte, deren Namen er noch nie gehört hatte. Es kam ihm vor, als entferne er sich mehr und mehr von jeglicher Zivilisation. Mühsam schlängelte er sich über von dichtem Wald gesäumte Sträßchen mitten im Spessart.

Der Regen trommelte unvermindert auf seinen Wagen ein. Durch die nasse Scheibe sah Schelbert die Fahrbahn nur schemenhaft. Er fuhr mehr nach Gefühl als nach Sicht und fragte sich, ob er vielleicht doch auf der Autobahn hätte bleiben sollen. Aber es war zu spät. Unwirsch antwortete er auf den eingehenden Anruf von Maurice.

»Ja?«

»Na du hast ja eine Laune.«

»Du sitzt doch bestimmt vor deinem Bildschirm und siehst durch die blöde Kamera, dass es hier wie wahnsinnig schüttet.«

»Ja, das sehe ich.«

»Und ich muss hier auf der Landstraße herumkriechen und komme nicht voran.«

»Deswegen rufe ich nicht an. Ich wollte dir etwas anderes sagen.«

»Was denn?«

»Ich habe mal über unseren Dr. Karlheinz Engelhardt recherchiert.«

»Und?«

»Der gibt sich ja so jovial und bürgerlich. Aber der Herr macht nur die ganz großen Fälle.«

Wahrscheinlich hatte sich Maurice schon wieder wer weiß wo eingehackt, um an diese Informationen zu kommen.

»Wir wissen doch schon, dass er ein Staranwalt ist«, sagte Schelbert.

»Ja, aber er ist ständig in der Presse. Wenn ich das richtig sehe, hat er sich auf Steuerrecht spezialisiert und macht damit eine Unmenge Geld. Der hätte uns ohne weiteres mehr als zwanzigtausend zahlen können.«

»Warum hätte er das tun sollen?«

»Du fährst immerhin gigantische Werte durch die Gegend. Weißt du, was das Bild wert ist?«

»Zwei, drei Millionen?«

»Von wegen. Für ein ähnliches Bild wurden vor kurzem über hundert Millionen geboten.«

»Was?«

»Ich hatte das auch nicht vermutet. Ich habe dir doch gesagt, dass da irgendetwas nicht stimmt.«

»Auch wenn du Recht hast, was soll ich tun? Ich kann ja nicht wegen eines vagen Gefühls einfach umkehren. Sieh es mal so: morgen bin ich das Ding los, und wir sind zwanzigtausend Euro reicher.«

»Hoffen wir mal. Ich melde mich, wenn ich etwas Neues habe. Halte die Augen auf und sieh dich vor bei dem Wetter.«

»Dann ruf den Wettergott an und lass den verdammten Regen abstellen.«

Maurice lachte und legte auf. Schelbert fuhr kaum noch dreißig. Das ging schon so, seit er von der Autobahn abgefahren war. Der Umweg würde ihn mindestens drei Stunden kosten.

Starker Wind rüttelte am Fahrzeug. Er musste sich konzentrieren, um den Golf in der Spur zu halten. Er sah die nächste Linkskurve auf sich zukommen und steuerte hinein. Plötzlich blendete ihn gleißendes Scheinwerferlicht. Im nächsten Moment raste ein Auto mit irrsinniger Geschwindigkeit an ihm vorbei. Eine Wasserfontäne prallte an die Karosserie des Golfs. Gleichzeitig wurde das Fahrzeug von einer Sturmböe erfasst.

Schelbert erschrak, zuckte zusammen und verriss unwillkürlich das Lenkrad. Es war nur eine kleine Bewegung. Doch auf dem Wasserteppich, der die Straße bedeckte, verloren die Reifen den Bodenkontakt. Der Golf rutschte auf die abfallende Böschung zu, kippte um, überschlug sich und rammte einen Baum, der, als sei das Metall aus Pappe, die gesamte rechte Seite eindrückte. Mit einem unangenehm quietschenden Geräusch fiel der Wagen auf seine vier Räder zurück.

Der Airbag hat sich nicht geöffnet, war Schelberts erster Gedanke. Dann begriff er, was gerade geschehen war. Der Sicherheitsgurt hatte ihn zurückgerissen und in einer sitzenden Position gehalten. Er blickte an sich herab. Nirgendwo war Blut zu sehen. Er war unverletzt. Erst später wurde ihm bewusst, welch wahnsinniges Glück er gehabt hatte.

Er musste handeln und raus aus dem Auto. Den Sicherheitsgurt konnte er problemlos öffnen. Auch die Fahrertür ließ sich bewegen. Draußen prasselte der Regen auf ihn ein. In Sekundenschnelle war er völlig durchnässt. Glücklicherweise war es noch spätsommerlich warm. Er würde nicht übermäßig frieren. Er setzte seine Brille ab, die ihm bei dem Regen nur die Sicht behinderte, und steckte sie in die Tasche seiner Jeansjacke.

Das Wichtigste jetzt war das Bild. Wie die Fahrertür ließ sich der Kofferraumdeckel, obwohl stark verzogen, noch bewegen. Schelbert konnte ihn weit genug nach oben drücken, um die Rolle mit der Leinwand herauszuziehen. Gut verpackt wie sie war, hatte sie keinen Schaden genommen. Geistesgegenwärtig griff er nach Maurice' GPS-Sender und steckte ihn in die Hosentasche.

Schelbert beugte sich ins Wageninnere, schnappte seinen Rucksack und nahm das Smartphone aus der Halterung. Zwei Anrufe von Maurice waren eingegangen. Natürlich, er hat den Unfall über die Dashcam gesehen, dachte Schelbert. Aber er wollte jetzt nicht darüber diskutieren. Er schickte eine kurze Textnachricht, es ginge ihm gut und alles sei in Ordnung. Er steckte das Smartphone in die Tasche, setzte den Rucksack auf, klemmte die lange Rolle unter den Arm und begutachtete das demolierte Fahrzeug.

Das Auto war hinüber. Es machte keinen Sinn, hier zu bleiben. Den Unfall zu melden würde eine Unmenge Zeit kosten. Das könnte er auch später tun oder an Maurice delegieren. Schließlich war niemand verletzt, und er hatte einen Auftrag zu erfüllen. Er durfte sich nicht von bürokratischem Kleinkram aufhalten lassen. Er hatte Engelhardt versprochen, das Bild so schnell wie möglich nach Ulcinj zu transportieren.

Der Baum, an den der Golf geprallt war, stand am Rand eines kleinen Wäldchens. Schelbert trat in den Hain, der ihm etwas Schutz vor dem Regen gewährte. Soweit er das Kartenbild des Navigationsgeräts im Kopf hatte, müsste er sich östlich orientieren, um wieder auf zivilisiertes Gebiet zu stoßen. Schelbert aktivierte den Kompass seines Smartphones und marschierte los. Er durchquerte das Wäldchen. Dahinter stieß er auf einen einspurigen, unasphaltierten Weg.

Langsam ließ der Regen nach und verebbte. Die Wolkendecke riss auf, und die spätnachmittägliche Sonne schien ihm ins Gesicht. Seine Kleidung begann zu trocknen.

Er näherte sich dem kleinen Ort Rechtenbach, der zur Stadt Lohr am Main gehörte. Sieben Kilometer waren es noch bis Lohr. Er überschlug die Zeit. Beim Lauftraining schaffte er zehn Kilometer in weniger als fünfzig Minuten. In einer guten halben Stunde könnte er in Lohr sein. Er klemmte die Rolle fester unter den Arm und schlug einen flotten Trab ein. Die Bewegung und die frische Luft taten ihm gut. Seine Ungeduld war gewichen und auch der Schreck des Unfalls steckte nicht mehr in seinen Gliedern.

Gegen achtzehn Uhr erreichte er das Main-Städtchen. In der Nähe des Bahnhofs gab es sogar eine Autovermietung. Aber deren Türen waren um die späte Zeit bereits geschlossen. Schelbert konnte nur auf die Bahn hoffen. Er hatte Glück. Regelmäßig verkehrten Züge nach Würzburg. In einer dreiviertel Stunde schon könnte er in der fränkischen Stadt sein. Er zog einen Fahrschein, sprintete auf den Bahnsteig und sprang in den gerade eingefahrenen Zug. Im halbvollen Waggon fand er schnell einen Platz. Er ließ sich auf den Sitz fallen und schloss die Augen. Die Bilderrolle hielt er fest umklammert.

10

Camilla sah auf den Tacho: zweihundert. Nur ungern fuhr sie so schnell. Sie mochte es nicht, sich derart konzentrieren zu müssen. Aber noch hatte sie den Detektiv nicht eingeholt.

Im Rückspiegel blendete sie plötzlich der grelle Schein einer Lichthupe. Das Fahrzeug näherte sich schnell und würde ihr gleich auf der Stoßstange sitzen. Ohne langsamer zu werden zog Camilla auf die rechte Spur. Soll er doch, dachte sie. Schon lange ärgerte sie sich nicht mehr über solche Raser. Röhrend donnerte ein schwarzer Porsche Carrera an ihr vorbei.

Dann setzte der Regen ein. Kurz darauf näherte sie sich einer langen Schlange roter Rückleuchten. Camilla schaltete die Warnblinkanlage ein, ließ das Fahrzeug ausrollen und stellte den Motor ab. Sie richtete sich auf eine Wartezeit ein. Es würde sie zurückwerfen. Aber so war es nun einmal. Dagegen war sie machtlos. Wenigstens konnte sie jetzt etwas entspannen.

Ihr Blick fiel auf das Display des Smartphones. Sie hatte nur gelegentlich auf das GPS-Signal des Detektivs geachtet. Warum auch sollte er von der Autobahn abfahren? Doch genau das war geschehen. Er hatte wohl dem Stau ausweichen wollen.

Kurz darauf setzte sich die Kolonne langsam in Bewegung. Camilla atmete auf. Dann habe ich ihn bald, dachte sie. Er musste ja zurück auf die Autobahn, und der Umweg wird ihn viel Zeit kosten. Aber das GPS-Signal bewegte sich sehr langsam, viel zu langsam eigentlich. Camilla verringerte den Kartenmaßstab. Der rote Punkt befand sich nicht auf einer Straße, sondern mitten im Gelände. Es gab nur eine Erklärung. Der Detektiv war zu Fuß unterwegs.

Camilla wollte gar nicht spekulieren, warum. Momentan konnte sie ohnehin nichts anderes tun, als sich bis zur nächsten Ausfahrt zu gedulden. Sie wechselte ungeduldig die Fahrspuren, überholte, wo sie nur konnte und nahm die nächste Abfahrt. So schnell wie möglich fuhr sie in Richtung des Signals. Mit quietschenden Reifen nahm sie die Kurven und bremste scharf ab, als sie plötzlich den Golf des Detektivs erblickte. Sie riss die Tür auf und rannte zu dem um einen Baum gewickelten Wrack. Fahrer und Gemälde waren verschwunden. Blutspuren gab es nicht. Die Motorhaube fühlte sich noch warm an.

Ihr kam der schwarze Porsche in den Sinn. Zakhani, dachte sie, der fuhr einen solchen. War der Kunsthändler ihr zuvorgekommen und hatte den Detektiv von der Straße gedrängt? Lebte er noch? Und wo war das Bild?

Sie musste unbedingt so nah wie möglich an das GPS-Signal heran. Dann würde man weitersehen. Sie stieg wieder ein. Beim Anfahren blickte sie unwillkürlich in den Rückspiegel und sah ein sich näherndes schwarzes Fahrzeug. Spontan scherte Camilla in den nächsten Feldweg ein, stieg aus und verbarg sich hinter einem Busch. Der Wagen hielt an der Unfallstelle. Sie hatte es gewusst. Es war der Porsche, und es war Ben Mertens, der ausstieg.

Natürlich war der feine Herr Kunsthändler nicht selbst gefahren, sondern hatte sein Faktotum geschickt. Camilla ließ Mertens nicht aus den Augen. Zakhanis Helfer sah sich um. Als sein Blick in ihre Richtung fiel, verharrte er einen Moment. Camilla erschrak und duckte sich tiefer ins Gebüsch. Aber Mertens wandte den Blick wieder ab. Er hatte sie nicht entdeckt. Obwohl sie wusste, dass sie ihm gewachsen war, löste sein Anblick eine Urangst in ihr aus, als stünde sie einem gefährlichen Tier gegenüber.

Sie beobachtete, wie Zakhanis Lakai durchs nasse Gras stapfte und das Auto durchsuchte. Plötzlich schlug er mit der Faust auf den Kofferraumdeckel und brüllte irgendetwas. Dann blickte er sich lauernd um. Camilla zückte ihr Telefon. Karlheinz nahm sofort ab.

»Ich habe schlechte Nachrichten«, sagte sie.

Camilla flüsterte, obwohl Mertens viel zu weit entfernt war, um sie hören zu können. Mit knappen Worten schilderte sie die Situation.

»Scheiße«, entfuhr es dem Anwalt. »Und was ist mit dem Bild?«

»Es ist weg. Aber wenn Mertens es nicht hat, hat es der Detektiv wohl noch.«

»Wahrscheinlich...«

Camilla hörte Verzweiflung in Karlheinz' Stimme. Aber sie hatte keine besseren Nachrichten.

»Wer soll es sonst haben?«, versuchte Camilla ihren Chef zu beschwichtigen. »Ich habe das GPS-Signal noch auf dem Schirm. Es ist nicht weit entfernt. Ich fahre jetzt dahin und melde mich wieder.«

Mertens saß jetzt im schwarzen Porsche und telefonierte. Camilla fragte sich, wie er dem Detektiv auf die Spur hatte kommen können. Sie musste schleunigst los.

11

Schelbert war kurz eingenickt. Als der Zug vor einem Bahnhof verlangsamte, schreckte er auf. Er rief Maurice an. Kaum stand die Verbindung, überschüttete sein Freund ihn mit Vorwürfen. Schelbert hatte nichts anderes erwartet und ließ das Donnerwetter über sich ergehen.

»Überschlagen!«, sagte Maurice. »Du hast vielleicht ein Glück. Weißt du, was hätte geschehen können?«

»Ist es aber nicht. Mir geht es gut.«

»Das hast du nun von deiner Ungeduld. Wärst du auf der Autobahn geblieben, wäre das nicht passiert.«

Ja, ja, dachte Schelbert und lenkte das Gespräch in eine andere Richtung.

»Nun beruhige dich, es ist ja alles gut. Wurde der Golf denn schon gefunden?«

»Sieht nicht danach aus. Die Dashcam funktioniert noch, und ich sehe nur die verbeulte Motorhaube und Feld und Wald.«

»Je länger der Wagen unentdeckt bleibt, desto besser für uns.«

»Wegen des Autos wirst du Schwierigkeiten bekommen. Irgendwann werden wir uns damit beschäftigen müssen.«

»Aber nicht jetzt. Außerdem ist der Wagen doch versichert. Das wird schon.«

»Aber du bist einfach abgehauen.«

»Ja, schon, aber darum können wir uns später kümmern. Ich muss erst das Bild ans Ziel bringen.«

»Dann sieh dich jetzt gefälligst besser vor. Und lass dein Handy an. Und gut, dass du daran gedacht hast, das GPS mitzunehmen. Ich kann dich zwar auch über das Smartphone orten, aber sicher ist sicher.«

Der Zug fuhr pünktlich in Würzburg ein. Dort hatten die Mietwagenfirmen noch geöffnet. Schelbert bekam sogar wieder einen weißen Golf. Als er vom Hof der Autovermietung fuhr und auf die Straße bog, erfasste ihn plötzlich das Gefühl, er würde beobachtet. Er blickte sich um, konnte aber nichts entdecken.

12

Das GPS-Signal bewegte sich langsam auf Lohr zu. Camilla steuerte das Örtchen an und passierte keine fünfzehn Minuten später das Ortseingangsschild. Die Straße führte auf den Bahnhof zu. Kurz bevor sie das Gebäude erreichte, sah sie einen Mann mit einer langen Rolle unter dem Arm ins Empfangsgebäude hasten. Das musste er sein.

Bei Schelberts Anblick durchfuhr es Camilla in einer Weise, wie sie es noch nie zuvor erlebt hatte. Sie konnte ihren Blick nicht von dem markanten Gesicht mit den klaren Zügen und der schwarzen Hornbrille abwenden. Sie bremste schärfer als nötig, zog auf den Bürgersteig und hielt an. Die Jeansjacke, die der Detektiv über seinem T-Shirt trug, betonte seinen muskulösen Oberkörper. An den wendigen Bewegungen erkannte Camilla den Sportler. Sie erschrak über ihren Wunsch, ihm durch das kurze, struppige Haar zu wuseln.

Nur mit Mühe gelang es ihr, diese Empfindungen abzuschütteln. Dafür war jetzt keine Zeit. Sie durfte sich nicht ablenken lassen. Sie sprang aus dem Wagen und eilte dem Detektiv hinterher. Er griff gerade nach der Fahrkarte im Ausgabeschlitz des Automaten und spurtete auf Gleis eins. Dort sprang er in den wartenden Zug. Der Zugzielanzeiger benannte Würzburg. Mehr brauchte Camilla nicht zu wissen.

Sie beglückwünschte sich, ein Fahrzeug mit einer exzellenten Straßenlage zu besitzen. Trotz der unzähligen Kurven und Windungen, mit denen sich die Straße von Lohr nach Würzburg am Main entlang schlängelte, konnte sie ein hohes Tempo einschlagen. Das eine oder andere Mal auf dieser Höllenfahrt musste sie an die Leistungsgrenzen ihres Wagens gehen. In Rekordzeit erreichte sie das Ortseingangsschild von Würzburg. Jetzt war es nur noch ein kurzes Stück zum Würzburger Hauptbahnhof, wo die Landstraße, auf der sie sich befand, endete.

Als sie den Bahnhofsvorplatz erreichte, sah Camilla den Detektiv zum zweiten Mal. Wieder blieb ihr Blick an seiner schmalen, dynamisch wirkenden Gestalt hängen. Wieder verspürte sie das unüberwindliche Verlangen, ihm nah zu sein und wäre beinah auf ein Fahrzeug aufgefahren. Sie sah, dass der Detektiv eine Autovermietung betrat. Sie blickte sich um. Kein Parkplatz war zu sehen. Sie schaltete die Warnblinkanlage an und blieb mit laufendem Motor am Straßenrand stehen. Ein paar Minuten später fuhr der Detektiv mit einem weißen Golf vom Parkplatz.

Camilla rief Engelhardt an.

»Ich habe ihn. Alles in Ordnung.«

»Hat er das Bild noch?«

»Ja, ich habe es gesehen.«

»Das ist sehr beruhigend. Und was ist mit Mertens?«

»Ich weiß es nicht. Gefolgt ist er mir jedenfalls nicht. Das hätte ich bemerkt.«

»Trotzdem, sei vorsichtig.«

»Vielleicht hat er ja die Spur verloren, und wir sind ihn los.«

»Darauf würde ich mich nicht verlassen. Aber vielleicht hast du ja Recht. Halte jedenfalls die Augen auf.«

Wie erwartet fuhr der Detektiv Richtung Autobahn. Es kann nur das Handy sein, dachte Camilla. Mertens musste es geortet haben. Als Ex-Polizist wusste er, wie man so etwas macht. Sie war ihn noch lange nicht los. Er würde irgendwann aus dem Nichts auftauchen und zuschlagen. Sie musste unbedingt in der Nähe des Detektivs bleiben. Sie würde sich von jetzt an dicht hinter ihm halten. Sie achtete darauf, die Rücklichter des Golfs nicht aus den Augen zu verlieren.

13

Das gleichförmige Schnurren des Motors und das Summen der Reifen auf der Fahrbahn versetzten Rafael Schelbert in eine meditative Stimmung. Es begann zu dämmern. Die gebirgige Landschaft der Voralpen versank nach und nach im Dunkel, in das die Lichtkegel der Scheinwerfer helle Streifen schnitten.

Schelbert verspürte so etwas wie Stolz. Er hatte die Situation im Griff gehabt. Besser hätte er es nicht machen können. Natürlich war ihm auch das Glück wohlgesonnen gewesen. Schelbert war klar, dass er jetzt genauso gut schwer verletzt im Krankenhaus liegen könnte. Aber ihm war nichts geschehen. Er hatte die richtigen Entscheidungen getroffen. Unbeirrt hatte er seinen Weg fortgesetzt und war jetzt wieder da, wo er sein sollte. Planmäßig legte er Kilometer um Kilometer auf der um diese Zeit wenig belebten Strecke zurück.

Maurice hatte mit seinem schlechten Gefühl vielleicht doch Recht gehabt. Vielleicht hatten sie tatsächlich diesen Auftrag zu unbedacht angenommen. Eine unbestimmte Gefahr lauerte in ihrem Rücken. Sie wussten nicht, was der Kunsthändler unternommen hatte und noch unternehmen würde. Momentan jedenfalls war alles ruhig. Schelbert hatte sich vorgenommen, den Rückspiegel im Auge zu behalten. Doch im Dunkel der Nacht waren nur Lichtpunkte zu sehen. Er konnte keine Fahrzeugtypen ausmachen. Niemand fuhr dicht auf, und wenn sich jemand näherte, dann um zu überholen.

Ihm war danach, Maurice anzurufen. Sie plauderten eine Weile. Dann hielt Maurice einen Moment inne.

»Je länger ich darüber nachdenke, desto merkwürdiger kommt mir das alles vor«, sagte er.

»Was meinst du?«

»Eine ganze Menge. Engelhardt will das Bild nicht von Fachleuten transportieren lassen, die viel besser wissen, wie man das macht, sondern von uns. Hast du dich schon mal gefragt, ob das Bild überhaupt versichert ist? Was ist, wenn es dir doch noch geklaut oder es zerstört wird?«

»Ich kann mir nicht vorstellen, dass Engelhardt das nicht versichert hat.«

»Über eine Summe von fünfzig oder hundert Millionen? Das glaubst du doch nicht wirklich! Welche Versicherung würde so etwas machen? Außerdem hat er doch gesagt, dass niemand von dem Gemälde wüsste. Und was soll das, ein Bild von diesem Wert einfach irgendwo in einer Wohnung abzustellen?«

Das hatte Schelbert sich auch schon gefragt, ohne aber weiter darüber nachzudenken. Er hatte Engelhardt einfach vertraut, obwohl er den Mann überhaupt nicht kannte. Möglicherweise hatte der Anwalt sie mit seiner offenherzigen Art manipuliert. Das wäre ihm durchaus zuzutrauen. Sie hatten keine Ahnung, was wirklich hinter diesem Transport steckte.

Maurice hatte herausgefunden, dass Engelhardt sich immer wieder an den Grenzen der Legalität bewegte. Er setzte seine Fähigkeiten für Beihilfe zur Steuerhinterziehung ein, verschleierte die Finanzgeschäfte seiner Klienten und verschob ihre Gelder. Manche Menschen empörten sich über solche Anwälte. Schelbert störte das nicht. Er lehnte das kapitalistische Wirtschaftssystem grundsätzlich ab und brachte allem, was gegen dieses System gerichtet war, Sympathie entgegen. Er selbst unterwanderte den Kapitalismus durch Konsumverzicht. Während seiner Studienzeit, als er mit Gelegenheitsjobs gerade mal sein Überleben gesichert hatte, war das nicht schwer gewesen. Aber auch jetzt, mit sehr viel mehr Geld auf dem Konto, verlangte es ihn nicht danach, dieses Geld für irgendetwas, das er nicht brauchte, auszugeben. Er hatte schon darüber nachgedacht, es anzulegen und Engelhardt als Vermögensberater zu engagieren.

»Ja, du hast Recht«, sagte er. »Aber wir haben den Auftrag nun mal angenommen und müssen das durchziehen.«

»Wir müssen nicht...«

»Ach komm, ich kann doch jetzt nicht einfach zurückfahren, ohne triftigen Grund. Morgen um diese Zeit ist alles erledigt.«

»Na gut. Aber halte die Augen auf. Ich lege mich jetzt ein paar Stunden hin. Du kannst mich jederzeit übers Telefon erreichen.«

Rafael Schelbert konzentrierte sich wieder aufs Fahren. Bald brachte ihn die eintönige Vorwärtsbewegung zurück in seine meditative Stimmung. In der Dunkelheit verengte sich sein Blick auf den von den Scheinwerfern erhellten Asphalt und die Rückleuchten der vor ihm fahrenden Autos. Weiterhin behielt er den Rückspiegel im Auge. Er konnte nichts Auffälliges entdecken.

14

Nervös lief Marita im Wohnzimmer hin und her. Darius meldete sich einfach nicht. Er ignorierte ihre Anrufe. Sie fluchte und schmiss das Handy aufs Sofa. Vielleicht war es doch ein Fehler gewesen, sich an ihn zu wenden.

Zwanzig Jahre hatten sie sich nicht gesehen. Aber seine erotische Ausstrahlung wirkte immer noch auf sie, als sei kaum Zeit vergangen. Obwohl es ihr widerstrebte, fühlte sie sich magisch von ihm angezogen, von seinem dunklen Teint und der scharfen, leicht gebogenen Nase. Keine Spur von Grau hatte sich in sein tiefschwarzes Haar geschlichen. Darius sah immer noch blendend aus und hatte nichts an

Charisma verloren. Er könnte sie, wenn sie sich nicht wehrte, mühelos um den Finger wickeln.

Marita wusste, dass er alles dransetzen würde, um an das Bild zu kommen. Sie hatte es ihm angesehen. Es war schon damals so gewesen. Wenn es um Geld ging, schwand die Wärme aus seinem Blick. Aber Marita hoffte auf Darius' Liebe zur Kunst. Sie hoffte, dass er ihre Argumentation verstand und dieses Mal das Finanzielle der Kunst zuliebe in den Hintergrund stellte. Doch je mehr Zeit verstrich, desto mehr nagte der Zweifel an ihr. Zwanzig Jahre sind eine lange Zeit, dachte sie. Hatte seine Geldgier endgültig die Oberhand gewonnen?

Sie hielt die Warterei nicht mehr aus. Es hatte keinen Sinn, wie ein Tiger im Käfig herumzurennen. Sie musste etwas tun. Sie warf sich ihre Jacke über und machte sich auf den Weg zu Dr. Engelhardt. Putzen würde sie ablenken. Pragmatisch wie sie war, nahm sie gleich den Essigreiniger mit, dessen Fehlen überhaupt erst zur Entdeckung des Bildes geführt hatte. Seltsam, sinnierte sie, wie das Schicksal das Banale und das Außergewöhnliche miteinander verknotete.

Niemand schien zuhause zu sein. Das ist die Gelegenheit, das Meisterwerk noch einmal zu betrachten, schoss es Marita in den Sinn. Es war vielleicht ihre letzte Gelegenheit. Rasch lief sie zur Abstellkammer, öffnete die Tür und erschrak. Der alte Gobelin lag zerknüllt am Boden. Wo zuvor der Caravaggio gehangen hatte, sah sie nur noch eine kahle Wand mit zwei groben Haken. Das Bild war verschwunden.

Maritas überschießende Fantasie produzierte Schreckensbilder. War das Gemälde gestohlen worden? Saß Dr. Engelhardt irgendwo entführt und gefesselt in einer düsteren Halle? Lag er blutüberströmt auf dem Boden des Wohnzimmers, brutal hingeschlachtet von den Dieben, die es auf den Caravaggio abgesehen hatten? Ich sehe zu viele Krimis, beruhigte sich Marita und suchte das Haus ab. Sie konnte weder Spuren eines Einbruchs entdecken, noch fand sie Dr. Engelhardt.

Darius hat keine Zeit verloren und das Gemälde zur Begutachtung abgeholt, dachte sie. Aber sie verstand nicht, warum er dann ihre Anrufe mied.

Marita wusste, dass Dr. Engelhardt sämtliche Verabredungen und Aktivitäten mit klitzekleiner Schrift in seinem Kalender notierte. Sie bewunderte die Marotte, wirklich alles und jedes zu notieren, seien es Geschäftstermine, private Treffen, Kinogänge, Theaterbesuche und selbst Banalitäten wie Spaziergänge oder das Abendessen. Marita wäre froh, eine solche Chronologie ihres Lebens zu besitzen.

Wie immer lag das Diarium aufgeschlagen auf dem Schreibtisch. Da konnte ihr niemand Neugier vorwerfen, wenn ihr Blick beim Putzen darauf fiele. Jetzt hatte sie einen triftigen Grund nachzusehen. ›14.00 Uhr, Zevenaar, bis auf weiteres‹, lautete der letzte Eintrag. Marita kannte das kleine Dörfchen kurz hinter der deutsch-niederländischen Grenze. Dr. Engelhardt besaß dort ein Haus, das sie bereits einige Male gereinigt hatte. Er hatte sich zurückgezogen. Das ist ein gutes Zeichen, dachte Marita. Es wird wohl doch alles in Ordnung sein.

Beim Putzen tobte sie sich aus, bis alles glitzerte und glänzte und es nichts mehr zu tun gab. Sie fühlte sich etwas besser. Doch sie spürte, dass irgendetwas nicht stimmte. Zuhause versuchte sie, wiederum vergeblich, Darius anzurufen.

Es reichte ihr. Wenn der meint, dachte sie, er kann mich einfach aufs Abstellgleis schieben, hat der sich geschnitten. Heute war es zu spät. Morgen früh würde sie ihm einen unangemeldeten Besuch abstatten. Er konnte ihr ja schlecht die Tür vor der Nase zuschlagen. Marita schloss die Augen.

»Was ist los mit dir?«

Erwin stand plötzlich in der Tür. Marita erfasste ein schlechtes Gewissen. Sie hatte ihrem Mann noch gar nichts von der ganzen Sache erzählt. Sie schenkte ihm ein Lächeln. Das war das Mindeste, was sie tun konnte. Aber sie wollte jetzt allein sein.

»Entschuldige, ich bin völlig kaputt. Ich gehe gleich ins Bett.«

Sie wusste, dass Erwin ihr die Abfuhr nicht verübeln würde. Auch er hatte Stunden und Tage, in denen er das Alleinsein vorzog. Dann gingen sie sich einfach eine Weile aus dem Weg. Vielleicht klappt unsere Ehe deshalb so gut, hatte Marita manches Mal gedacht. Sie verabschiedete sich mit einem Kuss und stieg die Treppe zu ihrem Schlafzimmer hoch. Seit vielen Jahren schliefen sie in getrennten Zimmern, nicht, weil sie sich nicht mehr verstanden, sondern weil Marita bei Erwins röhrendem Schnarchen einfach nicht schlafen konnte.

Voll angekleidet legte sie sich auf die Matratze. Sie war sich jetzt sicher, dass Darius sie reingelegt hatte. Mehr und mehr beschlich sie der Verdacht, dass er das Gemälde unter der Hand verkaufen und verschwinden lassen wollte oder das vielleicht schon getan hatte. Sie war auf ihn hereingefallen und auch noch schuld daran. Aber so leicht würde sie nicht aufgeben. Schließlich ging es nicht um sie, sondern um die Sache. Dieses Bild musste, wie auch immer, an die Öffentlichkeit.

Schließlich übermannte sie der Schlaf. Ein Albtraum ließ sie mitten in der Nacht hochschrecken. Sie bemerkte, dass sie immer noch ihr Kostüm vom Tage trug.

15

Nach einigen Stunden einer nur durch den Vignettenkauf an der deutsch-österreichischen Grenze unterbrochenen Fahrt nahm Schelbert den Fuß vom Gas. Die Tankanzeige bewegte sich auf die Viertelmarke zu. Wenn er kurz vor der Grenze zu Slowenien auffüllte, würde er, wenn überhaupt, nur noch einmal halten müssen. Kurz vor Villach zog er auf die Abbiegespur und ließ das Fahrzeug am dortigen Rasthof ausrollen.

Während der Kraftstoff in den Tank strömte, reckte und streckte er sich. Er hatte schon den Kaffeeautomaten im Eingangsbereich des Kassenhäuschens entdeckt und freute sich auf das Heißgetränk.

Als er das Geld einwarf, überkam ihn ein seltsames Gefühl. Unwillkürlich blickte er nach draußen und meinte, einen Schatten an seinem Wagen vorbeihuschen zu sehen. Sofort rannte er hinaus. Aber der Golf stand, wie er ihn verlassen hatte, an der Tanksäule. Kein Mensch war zu sehen. Aufmerksam musterte er das schlecht beleuchtete Gelände. In einiger Entfernung parkten ein paar Autos. Nichts rührte sich, doch das merkwürdige Gefühl verließ ihn nicht.

Es wird die Anspannung des stundenlangen Fahrens sein, dachte er, stieg ein und schloss die Fahrertür. Bevor er den Wagen startete, legte er kurz die Hand auf das eingerollte Bild.

16

Es war ein Kinderspiel, dem Detektiv zu folgen. Da das GPS-Signal, das Karlheinz am Bild angebracht hatte, weiterhin funktionierte, musste sie nicht zu nah auffahren. Sie wagte es sogar, sich hin und wieder außer Sichtweite zurückfallen zu lassen. Der Detektiv wusste nichts von ihr, und sie wollte keine Aufmerksamkeit auf sich lenken, jedenfalls nicht, solange es nicht unbedingt nötig war.

Ständig musste sie an ihn denken. Sie hatte ihn nur kurz gesehen, aber seine Erscheinung hatte sich tief eingebrannt. Sie verspürte ein unwiderstehliches Bedürfnis, ihm nah zu sein und ihn zu berühren. Sie wollte nicht ständig daran denken, konnte aber nicht anders. Sie verfluchte die Eintönigkeit der Fahrt, die ihr kaum Ablenkung bot.

Dann plötzlich rauschte der Porsche an ihr vorbei. Ein kurzer Blick zur Seite hatte ihr genügt, um Mertens' Gesicht zu erkennen. Kaum war er an ihr vorbei, bremste er, setzte sich dicht hinter den Golf des Detektivs und passte sich dessen Geschwindigkeit an. Camilla fragte sich, wie er sie hatte finden können. Hatte er Karlheinz unter Druck gesetzt? Ihr Chef hatte nichts dergleichen erwähnt. Aber es war eine Weile her, dass sie telefoniert hatten.

Auf jeden Fall würde es jetzt ernst werden, dachte Camilla. Sie zog ihre Waffe aus der Reisetasche und steckte sie in ihre Jackentasche. Sie achtete darauf, den Porsche nicht aus den Augen zu verlieren. Sie musste Karlheinz anrufen. Aber sie kam nicht dazu. Der Detektiv bog, gefolgt von Mertens, auf einen Rasthof ab. Mertens parkte unweit der Zapfsäule, an der der Golf stand, und stieg aus. Beinah unsichtbar stand er im Schatten der Nacht.

Camilla hielt an und sprang aus dem Wagen. Der Detektiv hängte gerade den Tankstutzen zurück und ging Richtung Kasse. Warum schließt der das Auto nicht ab, fragte sie sich. Es war doch ein Fehler gewesen, dass Karlheinz einen derartig unerfahrenen Typen mit dem Transport beauftragt hatte.

Dann ging alles sehr schnell. Sie sah Mertens zum Golf sprinten und den Kofferraum aufreißen. Camilla rannte ihm lautlos hinterher, die Waffe in der Hand. Als habe er gespürt, dass hinter seinem Rücken etwas geschah, drehte Mertens den Kopf. Im gleichen Moment schlug Camilla ihm mit der Pistole an die Schläfe. Es war nicht das erste Mal, dass sie das tat. Sie wusste, wo sie treffen musste. Mertens sackte zusammen und rührte sich nicht mehr.

Camilla blickte sich um. Die Frau hinter dem Tresen war mit Kassieren beschäftigt und hatte nichts gesehen. Leise schloss Camilla den Kofferraum und packte Mertens unter den Armen. Sie war schmal und eher klein, aber nicht schwach. Mühelos schleifte sie ihn aus dem beleuchteten Bereich der Tankstelle. Sie zog ihn hinter einen Busch, wo er noch eine ganze Weile bewusstlos liegen würde.

Sie sah auf. Der Detektiv eilte gerade mit einem Kaffeebecher in der Hand auf seinen Wagen zu. Dort hielt er inne, sah nach rechts und links und stieg ein. Mit quietschenden Reifen fuhr er an. Camilla rannte zu ihrem Wagen, startete, schloss auf und hielt sich von nun an dicht hinter ihm.

Bald darauf hatten sie die österreichisch-slowenische Grenze passiert und befanden sich auf der Höhe von Ljubljana. Camilla vermutete, dass der Detektiv nicht bis Zagreb, sondern von Novo mesto an ein kurzes Stück über die Landstraße fahren würde und dann zurück auf die Autobahn, die die kroatische Küste hinunterführte.

Von Zakhanis Porsche war nichts mehr zu sehen. Aber Camilla konnte sich nicht recht entspannen. Weiterhin beherrschte sie das Gefühl, dass ihr die Gefahr im Nacken saß.

17

Marita erwachte aus einem wirren Traum. Worum es gegangen war, wusste sie nicht mehr, nur, dass sie auf dem Weg irgendwohin gewesen war. Doch so sehr sie sich auch bemüht hatte, es war ihr nicht gelungen, ans Ziel zu kommen. Sie fühlte sich gerädert und wäre eigentlich gerne liegengeblieben. Doch sie hätte keine Ruhe gefunden, denn sie musste unablässig an das Gemälde denken. Sie musste Darius aufsuchen, so schnell wie möglich.

Wie manches Mal in solchen Situationen wünschte sie sich, ein Yogi zu sein. Dann könnte sie kraft Meditation alle lästigen Gedanken ausschalten und die Unruhe aus ihrem Geist verbannen. Jedenfalls sei das möglich, hatte sie gelesen. Ihre eigenen Versuche, sich in einen solchen Zustand zu versetzen, waren kläglich gescheitert. Je mehr sie sich mühte, ihre Gedanken zu beruhigen, desto wilder wirbelten sie ihr durch den Kopf. Schließlich hatte sie akzeptiert, dass das Konzept des Meditierens bei ihr nicht funktionierte.

Marita sprang auf und setzte Kaffee auf. Das gurgelnde Geräusch ihrer alten Filtermaschine und die Vorfreude auf den starken Kaffee, den ihr das Gerät bescheren würde, beruhigten sie allerdings kaum und besserten auch nicht ihre Laune. Sie trank nur ein paar Schluck. Mit einem bangen Gefühl im Bauch brach sie auf.

Darius lächelte, als er sie in den Hinterraum führte. Marita setzte sich auf die Kante des teuren Ledersofas. Den Tee, den ihr Ex-Freund servierte, rührte sie nicht an. Sie würde sich auf keinen Fall einwickeln lassen. Sie war nicht hier, um nett zu plauschen. Darius lächelte immer noch.

»Was verschafft mir das Vergnügen deines Besuchs?«, fragte er.

»Deinen Sarkasmus kannst du dir sparen.«

»Das war nicht sarkastisch gemeint.«

»Warum gehst du nicht ans Telefon, wenn ich anrufe?«

»Entschuldige, ich hatte viel zu tun.«

»Das kannst du jemand anderem erzählen.«

»Bist du nur hier, um mich zu beschimpfen? Was willst du von mir?«

»Na was wohl? Was ist mit dem Bild?«

»Das ist in Arbeit.«

»Hat sich Dr. Engelhardt einverstanden erklärt, es herauszugeben?«

»Ich sagte bereits, das ist in Arbeit.«

Marita kannte Darius' Eigensinn. Darin stand er ihr in nichts nach, weshalb sie seinerzeit immer wieder aufeinandergeprallt waren. Wenn Darius nicht wollte, würde er nichts preisgeben. Marita versuchte es dennoch weiter.

»Hast du schon mit Dr. Engelhardt gesprochen?«

»Sei doch nicht so neugierig. Ich sagte dir schon, die Sache läuft.«

»Dann kannst du mir doch verraten, was er gesagt hat.«

»Frag ihn doch selbst. Woher kennst du ihn eigentlich?«

»Ich putze bei ihm.«

»Du putzt?«

»Ja, warum nicht?«

»Mit deiner Qualifikation kannst du doch etwas ganz anderes tun.«

»Jetzt fang du auch noch damit an. Jeder meint, mir vorschreiben zu müssen, was ich zu tun oder zu lassen habe. Mir macht das einfach Spaß. Warum soll ich das nicht tun?«

»Und beim Putzen hast du dann das Bild entdeckt?«

Schon wieder, dachte Marita, aber er wird mich nicht überrumpeln. Sie ärgerte sich. Sie war nicht hier, um irgendetwas zu erzählen. Er war es, der berichten sollte. Stattdessen ließ er sie zappeln. Gar nichts hatte sie erfahren. Ihr Besuch war völlig nutzlos gewesen. In diesem Moment tönte die Ladenklingel.

Darius sprang auf und eilte nach vorn. Vom Sofa aus konnte Marita alles hören.

»Guten Tag, was kann ich für Sie tun?«

»Ich würde mich gerne über Ihr Angebot informieren. Ich möchte etwas Geld anlegen.«

Die hohe Stimme klang, als gehöre sie zu einem jungen Mann.

»Das ist schön«, sagte Darius, »aber momentan habe ich leider keine Zeit. Bitte vereinbaren Sie telefonisch einen Termin.«

»Ich lebe nicht in Düsseldorf. Ich habe Ihren Laden gesehen und gedacht...«

»Im Moment geht es wirklich nicht. Rufen Sie an. Auf Wiedersehen.«

Marita hörte Darius die Ladentür schließen.

»Wer war das?«

»Irgendjemand, was weiß ich. Aber wenn du schon mal da bist, wollen wir da nicht in Gedenken an alte Zeiten etwas essen gehen? Du bist eingeladen.«

Jetzt kommt er auf diese Tour, dachte Marita. Auf keinen Fall würde sie sich von ihm einwickeln lassen. Sie wusste genau, dass er seinen Charme spielen und sie mit irgendwelchen Geschichten zutexten, aber bestimmt nichts über den Caravaggio verraten würde.

»Nein danke, ich habe keinen Appetit. Wenn du mir etwas zu sagen hast, weißt du, wie du mich erreichen kannst.«

Abrupt stand sie auf. Als Zakhani sie zum Abschied auf die Wange küssen wollte, wich sie ihm aus. Erhobenen Kopfes eilte sie zu ihrem Auto und stieg ein, ohne ein einziges Mal zurückzublicken.

Mit Sicherheit hat er irgendetwas arrangiert, dachte Marita. Vielleicht ließ er gerade auf dem Kunstmarkt durchsickern, dass dieses Bild entgegen aller Vermutung erhalten geblieben war. Oder er plante, das Bild zu stehlen oder hatte es schon getan. Dann würde das Gemälde unter der Hand verkauft und wäre für alle Zeiten verschwunden.

Mit Macht meldete sich Maritas schlechtes Gewissen. Sie hatte nur das Beste gewollt, aber sämtliche Kontrolle verloren. Alles war ihr aus der Hand geglitten. Sie fühlte sich wie eine Verräterin. Sie hatte einen geldgierigen Kunsthändler auf das Bild angesetzt. Ihre romantisch verklärten Erinnerungen mussten ihr Urteilsvermögen völlig vernebelt haben. Es drängte sie, irgendetwas zu tun, um das Übel, das sie angestoßen hatte, wieder gutzumachen. Möglicherweise sollte sie Dr. Engelhardt alles beichten, auch auf die Gefahr hin, dass er sie anbrüllte, beschimpfte und hochkant hinauswarf.

Sie zückte ihr Telefon, hielt jedoch inne. Was sollte sie ihm sagen? Sie konnte ihn um ein Gespräch bitten, aber mit welcher Begründung? Fernmündlich wollte sie die Sache nicht ansprechen. Feige war sie nicht. Wenn schon, dann wollte sie ihm in die Augen sehen.

Marita fasste einen Entschluss. Nach Zevenaar war es nicht weit.

In anderthalb Stunden könnte sie dort sein. Wenn er ihr dann die Tür wiese, hätte sie es zumindest versucht.

18

Kurz bevor Rafael Schelbert Zadar erreichte, wo die Autobahn zum ersten Mal die kroatische Küste berührte, ging die Sonne auf. Das Blau des wolkenlosen Himmels spiegelte sich auf der von keinem Wind gekräuselten Wasseroberfläche der Adria. Dann bog der Schnellweg wieder ins Landesinnere ab. Weiter südlich würde er schließlich in eine Landstraße münden. Erst dort sähe Schelbert das Meer wieder. Dann, das wusste er, verlief die Straße bis zu seinem Ziel im Süden Montenegros nahezu ununterbrochen an der Küste entlang.

Die freundliche Morgenstimmung hellte seine Stimmung auf. Doch die durchwachte Nacht forderte ihren Tribut. Ihn gelüstete nach Kaffee, um die Müdigkeit zu vertreiben. Schließlich wollte er durchfahren. Wenn er nicht im Stau steckenbliebe, wäre sein Auftrag am Nachmittag erledigt.

Hinter der Brücke über den Fluss Krka nahm er die Abfahrt zum gleichnamigen Rasthof. Am frühen Morgen war der Parkplatz vor dem Restaurantgebäude noch wenig belebt. Wollte er Kaffee, müsste er dort hinein und den Golf eine Zeitlang aus den Augen lassen. Erneut beschlich Rafael Schelbert das ungute Gefühl, das ihn schon an der letzten Raststätte beim Tanken erfasst hatte. Ihm war, als beobachte ihn jemand. Er fragte sich, ob er sich das nur einbilde.

Er beschloss, diesmal kein Risiko einzugehen. Er würde nur tanken. Dann müsste er sich nicht weit vom Wagen entfernen und käme auf jeden Fall ohne Halt bis Ulcinj. Er rollte an die Zapfsäule. Beim Bezahlen behielt er den Golf im Auge. Nichts geschah. Niemand folgte ihm, als er zurück auf die Autobahn fuhr.

Er rief Maurice an, der einen unverständlichen Laut von sich gab.

»Habe ich dich aus dem Schlaf gerissen?«

»Macht nichts, ich wollte ohnehin aufstehen.«

»Musst du noch an deinem Auftrag arbeiten?«

»Das habe ich gestern erledigt. Wie ist bei dir die Lage?«

»Ich bin auf der Suche nach Kaffee, sonst läuft alles nach Plan.«

»Übrigens«, sagte Maurice, »war ich bei Engelhardt im Haus. Der hat uns nicht alles gesagt. Ich wollte mit ihm über den Kunsthändler reden und was dessen Porsche vor seinem Haus zu suchen hatte.«

»Und? Was hat er gesagt?«

»Er war nicht da.«

»Ich denke, du warst im Haus?«

»Ich bin halt einfach rein.«

»Wie, du bist einfach rein?«

»Na, du hast mich lange genug genervt und gezwungen, Schlösser knacken zu üben. Mein Schrank ist voll mit den ganzen Schließvorrichtungen, die du zum Üben gekauft hast. Als Detektiv brauche man das, hast du gesagt, und jetzt habe ich es gebraucht. Engelhardts Tür war ein Kinderspiel. Jedenfalls ist der in die Niederlande abgehauen. Das steht in seinem Kalender.«

»Und jetzt?«

»Ich bin gerade in Düsseldorf bei diesem Kunsthändler gewesen. Ich dachte, ich sehe mir den mal an. Er hat mich abgewimmelt. Ich fahre jetzt zu Engelhardt.«

»Dann sag mir Bescheid, wenn du etwas Neues weißt. Hier ist alles ruhig.«

»Wenigstens das.«

»Moment, ich sehe gerade, dass da ein Rasthof kommt. Ich muss mir dringend Kaffee besorgen. Wir können später nochmal sprechen.«

Schelbert legte auf, ließ den Golf ausrollen und parkte direkt vor dem Kassenhäuschen. Hier konnte er das Heißgetränk kaufen, ohne sich mehr als drei Meter von seinem Fahrzeug entfernen zu müssen. Mit dem vollen Pappbecher in der Hand setzte er sich an einen der wackligen Holztische, die vor dem kleinen Gebäude standen. Fünf Minuten Pause würde er sich erlauben, keine Sekunde mehr. Behutsam pustete er auf das heiße Getränk.

19

Camilla parkte und stieg aus. Als wolle sie sich etwas die Beine vertreten, schlenderte sie Richtung Kassenhäuschen. Sie sah den Detektiv davor sitzen. In diesem Moment fuhr Mertens' Porsche ein und hielt hinter dem Häuschen. Mertens stieg aus. Camilla registrierte die Körperspannung des Mannes und den lauernden Blick, mit dem er den Detektiv beobachtete.

Sie ärgerte sich, dass sie Mertens einfach liegenlassen hatte. Dass er vielleicht schnell aus seiner Ohmacht erwachen würde, war ihr gar nicht in den Sinn gekommen, so fixiert war sie darauf gewesen, dem Detektiv zu folgen. Unprofessionell, dachte sie. Sie hätte ihn zumindest fesseln sollen oder ihm die Reifen zerstechen, was auch immer.

So wie er sich verhielt, würde er jeden Moment zuschlagen. Camilla witterte die eigentümliche Spannung vor einem Kampf bei Mertens. Sie musste etwas tun. Zügig schritt sie auf den Detektiv zu, der Kaffee schlürfend am Tisch saß. Er hatte keine Ahnung, in welcher Gefahr er schwebte. Camilla setzte sich auf den Stuhl neben ihn. Jetzt sah sie ihn zum ersten Mal aus der Nähe. Dabei behielt sie Mertens unauffällig im Auge.

»Guten Morgen«, sagte sie. »Sie haben doch nichts dagegen, dass ich mich zu Ihnen setze?«

Der Detektiv zuckte zusammen. Es war nicht zu übersehen, dass ihm das gar nicht passte. Aber sie musste unbedingt in seiner Nähe sein, um rechtzeitig reagieren zu können. Unwillkürlich ließ sie ihre Hand in die Jackentasche gleiten und tastete nach der Pistole.

Sie begann zu reden, irgendetwas, obwohl ihr Smalltalk im Innersten zuwider war. Sie hasste blödes Gequatsche. Hatte sie etwas zu sagen, beschränkte sie sich aufs Nötigste. Nur mit Karlheinz plauderte sie gern. Aber sie wusste, dass Reden manchmal ein geeignetes Mittel war, um ein Ziel zu erreichen. In den vielen Jahren, in denen sie nun schon für den Anwalt arbeitete, hatte sie sich ein paar Gesprächstechniken antrainiert.

»Na, auch unterwegs?«

»Hm.«

»Wo geht es denn hin?«

»Richtung Süden.«

Camilla entging nicht, dass der Detektiv sie loswerden wollte. Er führte den Becher an den Mund, trank schnell aus und stand auf.

»Ich muss dann mal weiter«, sagte er.

Camilla hob die Hand zum Gruß. In diesem Moment sah sie einen Schatten vorbeihuschen. Mertens war unglaublich schnell. Bevor Camilla reagieren konnte, hatte er dem Detektiv den Arm verdreht und ihm eine Pistole in den Rücken gedrückt. Unsanft schob er ihn Richtung Kofferraum.

»Aufmachen. Machen Sie, was ich sage und Ihnen geschieht nichts,« sagte er, und zu Camilla gewandt: »Und Sie bleiben einfach sitzen.«

Camilla musste vorsichtig sein, denn sie sah, wie Mertens sie im Auge behielt. Sie musste auf den richtigen Moment warten. Der Detektiv folgte dem Befehl, entriegelte den Kofferraum und zog den Deckel hoch. Mertens sah die Rolle und war kurz abgelenkt. Jetzt, dachte Camilla und stürmte auf ihn zu, war aber nicht schnell genug. Mertens reagierte sofort, umklammerte Schelberts Hals und zielte mit der Waffe auf sie. Camilla stoppte. Sie blickte direkt in das schwarze Mündungsloch.

»Stehenbleiben!«

Camilla zweifelte keinen Moment daran, dass Mertens schießen würde. Aber sie hatte keine Angst. In solchen Situationen hatte sie niemals Angst.

Sie hatte einen Vorteil, und den würde sie nutzen. Bis auf eine Armlänge war sie an ihn herangekommen. Das war nah genug für sie. Jetzt würde sich ihr hartes Training auszahlen. Seit Jahren übte sie sich in der Kampfkunst Bujinkan. An dieser Kunst hatte sie die Schnelligkeit fasziniert, mit der man einen Gegner überwältigen konnte. Camilla beugte sich aus der Schusslinie, packte, wie sie es gelernt hatte, Mertens' Arm mit einem Hebelgriff und drehte ihn zur Seite. Gleichzeitig trat sie ihm seitlich ans Knie. Mertens krachte zu Boden und lag mit verstauchtem

Arm hilflos auf dem Bauch. Er schrie vor Schmerzen auf. Das Ganze hatte kaum zwei Sekunden gedauert.

Camilla sah die Pistole, die Mertens fallengelassen hatte. Sie war vor den Füßen des Detektivs gelandet. Er hatte sie reflexartig aufgehoben. Camilla, die jetzt auf Mertens' Rücken kniete, wandte sich Schelbert zu.

»Fahr los. Los, los, los.«

Der Detektiv zögerte nur kurz. Dann schien er zu begreifen. Er warf den Kofferraumdeckel zu, sprang in den Wagen und legte einen Blitzstart hin. Schlaues Bürschchen, dachte Camilla.

Diesmal würde sie es richtig machen. Sie griff in ihre Jackentasche, zog Plastikfesseln heraus und band Mertens die Hände hinter dem Rücken zusammen. Mertens' kümmerliche Versuche, sie abzuschütteln, verliefen ins Leere. Sie wusste, dass er in dieser Position keine Chance gegen sie hatte. Mertens stöhnte auf.

»Was tun Sie da? Lassen Sie mich los.«

»Aufstehen!«

Camilla zog den Mann auf die Füße und stieß ihn zu ihrem Wagen. Mertens versuchte sich zu wehren, aber sie wusste, wie sie ihn zu halten hatte. Dass er stärker war als sie, nutzte ihm gar nichts. Sie riss den Kofferraumdeckel auf und schlug ihm wieder an die Schläfe, diesmal mit der Faust. Zum zweiten Mal klappte der Mann bewusstlos zusammen. Er fiel direkt in den Kofferraum. Camilla musste nur noch die Beine nachschieben. Sie suchte nach Mertens' Autoschlüssel, zog ihn aus der Tasche und drückte den Kofferraumdeckel ins Schloss. Für den Moment hatte sie ihn ausgeschaltet. Genau dafür wurde sie von Karlheinz bezahlt.

Sie setzte sich in Mertens' Porsche und stellte ihn auf einen der Rasthof-Parkplätze. Dort würde er eine ganze Weile keine Aufmerksamkeit erregen. Sie stieg aus und öffnete die Motorhaube. Sie zückte ihr Universalmesser, durchschnitt die Verteilerkabel, schraubte die Kappe ab und steckte sie ein. Dann zerstach sie alle vier Reifen. Es würde eine Weile dauern, diesen Wagen wieder fahrbereit zu machen.

Doch das allein genügte nicht. Mertens war Profi. Er würde sich nicht lange von dem defekten Wagen aufhalten lassen. Sie musste ihn endgültig loswerden.

Camilla fuhr auf die Autobahn. An der nächsten Ausfahrt verließ sie sie wieder, nahm eine Straße ins Landesinnere und folgte ihr eine Weile. Die Gegend war unbelebt. Sie bog in einen Feldweg ab, fuhr ihn ein Stück entlang und hielt an. Mit der Pistole in der Hand öffnete sie den Kofferraum. Es geschah genau das, womit sie gerechnet hatte. Mertens trat mit voller Wucht gegen das Blech und stieß den Deckel auf. Camilla sprang zurück. Mit ihrer Pistole zielte sie auf den Mann.

»Keine Bewegung. Ich schieße.«

Mertens erstarrte. Er schien nicht zu bezweifeln, dass Camilla ihre Drohung wahr machen würde.

»Raus da!«

Mit gefesselten Händen wuchtete sich Mertens mühevoll aus dem Kofferraum. Camilla deutete mit der Waffe in Richtung Wald.

»Da hinten hoch!«

Camilla hielt Mertens auf Abstand. Sie trieb ihn vor sich her bis zu einem Baum, der vom Weg aus schlecht zu sehen war. Sie befahl ihm, sich zu setzen, drückte ihm die Pistole in den Nacken und schnitt die Handfesseln auf. Camilla war klar, dass das der kritische Moment war. Sie wusste nicht, ob sie ihn tatsächlich kaltblütig erschießen könnte. Noch nie hatte sie so etwas getan. Aber solange er glaubte, sie würde es tun, war sie im Vorteil.

»Die Hände nach hinten!«

Mertens gehorchte widerstandslos ihren Anweisungen. Glück gehabt, dachte Camilla. Mit einer Hand hielt sie ihn in Schach, mit der anderen band sie seine Handgelenke hinter dem Baum zusammen. Dann fesselte sie seine Füße. Mertens hatte bisher keinen Ton von sich gegeben. Jetzt versuchte er es mit Reden.

»Sie können mich doch hier nicht einfach sitzen lassen.«

Camilla antwortete nicht.

»He, haben Sie mich gehört?«

Sie würde sich auf keine Diskussion einlassen. Aber sie war keine Mörderin. Wenn alles vorbei war, würde sie die Polizei verständigen und Mertens' Standort mitteilen. Solange würde er schon durchhalten.

»Was wollen Sie von mir?«, versuchte Mertens es erneut. »Wollen Sie Geld? Wenn es um Geld geht, können wir uns einigen.«

Camilla schwieg. Mertens war für längere Zeit handlungsunfähig, sicherlich so lang, bis der Detektiv sein Ziel erreicht haben würde. Nur darauf kam es an. Ohne sich umzusehen lief Camilla zu ihrem Wagen zurück. Wütend brüllte Mertens hinter ihr her. Camilla achtete nicht darauf.

Nach kaum einer halben Stunde kam der Golf wieder in Sicht. Camilla verlangsamte und setzte sich hinter ihn. Kurz darauf raste ein schwarzer Porsche an ihr vorbei. Sie erschrak und dachte, sie hätte ein Gespenst gesehen. Aber dieses Fahrzeug hatte kroatische Kennzeichen.

20

»Was?«, entfuhr es Maurice. »Und wer war die Frau?«

Schelbert hatte Maurice sofort angerufen. Irgendetwas ging hier vor, von dem sie nicht die geringste Ahnung hatten. Er musste Maurice über die Geschehnisse informieren.

»Ich weiß nicht, wer die war. Der Mann sah aus wie dieser Gehilfe des Kunsthändlers.«

»Ben Mertens.«

»Genau. Ganz schön brutal. Hätte die Frau nicht eingegriffen, wäre das Bild jetzt weg.«

»Und du vielleicht tot. Und die hat ihn überwältigt?«

»Das ging so schnell. Ich weiß gar nicht, wie sie das gemacht hat. Ich dachte erst, sie sei seine Komplizin. Und dann hat sie mir geholfen.«

»Wo kommt die plötzlich her?«

»Keine Ahnung. Vielleicht ist sie auch hinter dem Bild her und hat erstmal Mertens ausgeschaltet. Du musst unbedingt Engelhardt anrufen. Ich bin mir sicher, dass er uns einiges nicht gesagt hat. Setz ihm die

Pistole auf die Brust. Wir brauchen endlich Klarheit. Du bist doch auf dem Weg zu ihm?«

»Ja, in ein paar Minuten bin ich da.«

»Dann quetsch ihn aus. Er muss uns sagen, was hier vorgeht.«

»Mache ich. Und du sieh dich vor! Behalte deine Umgebung im Auge.«

»Ja, natürlich.«

21

Als Marita Buschweiler-Krisch den Klingelknopf drückte, fühlte sie sich wie einst König Heinrich beim Gang nach Canossa. Aber sie hatte sich entschieden. Sie würde nicht kneifen. Dr. Engelhardts Erstaunen über ihr Erscheinen war nicht zu übersehen.

»Sie? Was machen Sie denn hier?«

»Ich würde gerne mal mit Ihnen reden.«

Marita spürte, wie der Anwalt zögerte. Sie stellte sich schon darauf ein, abgewiesen zu werden.

»Dann kommen Sie rein«, sagte er schließlich.

Dr. Engelhardt führte sie auf die sonnenbeschienene Terrasse hinter dem Haus und bot Marita einen der bequemen Korbsessel an. Auf der kleinen, ungemähten Rasenfläche blühten verschiedenfarbige Kräuter. Die Büsche, die das Grundstück begrenzten, benötigten dringend einen Schnitt. Bienen umkreisten die Pflanzen. Marita lauschte deren Summen, das die angenehm warme Luft füllte.

Dr. Engelhardt bot ihr Tee an. Sie sog den intensiven Duft des gelblich-braunen Getränks ein und nahm einen Schluck.

»Das ist ein Earl Grey«, sagte Dr. Engelhardt. »Ich habe hier einen Händler, der mir eine besonders gute Qualität liefert.«

Selten war Marita um Worte verlegen. Doch jetzt scheute sie sich vor dem ersten Schritt. Sie zögerte das Unvermeidliche heraus. Sie betrachtete die Hinterseite des Gebäudes. Das zweistöckige Haus entsprach mit Küche und Wohnzimmer im Erdgeschoss und weiteren Räumen im ersten Stock der in den Niederlanden üblichen Bauweise.

»Wieso eigentlich haben Sie ausgerechnet hier in diesem kleinen Ort ein Haus gekauft? Hier ist doch überhaupt nichts los.«

»Eben deswegen. Zuhause muss ich ständig vor Gericht und habe jeden Tag mit allen möglichen Leuten zu tun. Da möchte ich manchmal einfach weg. Und wenn ich etwas unternehmen möchte, ist Arnhem nicht weit. Da kann man gut einkaufen und flanieren.«

»Auf jeden Fall ist das ein schönes Fleckchen Erde, das Sie hier haben.«

»Ja, ich fühle mich hier sehr wohl. Aber das ist es doch nicht, was Sie zu mir führt?«

Marita räusperte sich.

»Das ist eine heikle Sache.«

»Sprechen Sie nur.«

»Es war eigentlich ganz zufällig. Ich habe Essigreiniger gesucht und bin in die Abstellkammer gegangen. Ich weiß, Sie haben gesagt, ich soll da nicht rein. Aber direkt verboten haben Sie es mir auch nicht. Ich dachte, da finde ich was. Das Bild habe ich nur zufällig entdeckt, weil ich gestolpert und dagegen gefallen bin.«

Marita hielt kurz inne.

»Das Bild schien mir echt zu sein, und da konnte ich einfach nicht anders, als es mir genauer anzusehen.«

Marita sah, wie Dr. Engelhardts Gesicht rot anlief und sich eine tiefe Falte zwischen seinen Augenbrauen bildete.

»Also Sie haben mir das alles eingebrockt? Jetzt sagen Sie nicht, dass Sie es waren, die Zakhani davon erzählt hat.«

»Doch, wir kennen uns von früher.«

»Aber warum? Warum das Ganze? Was geht es Sie an, welche Bilder ich besitze? Und warum posaunen Sie das in der Weltgeschichte herum?«

»Ich wollte doch nichts Böses. Es ging mir doch nur darum, Sie zu überreden, das Gemälde der Wissenschaft zur Verfügung zu stellen oder es für Ausstellungen rauszugeben. So ein Bild gehört doch an die Öffentlichkeit.«

»Was kümmert Sie das, was ich mit meinem Bild mache? Das gehört mir. Keiner hat das Recht, sich da einzumischen. Was interessiert Sie das überhaupt, ob das Bild an die Öffentlichkeit gelangt?«

So laut war Dr. Engelhardt in Maritas Anwesenheit noch nie geworden. Er schrie beinah. Sie wusste, dass sie bei ihm verspielt hatte. Dann könnte sie die Karten auch komplett auf den Tisch legen.

»Ich bin Kunstwissenschaftlerin.«

»Was?«

»Ich habe Kunstwissenschaft studiert.«

Dr. Engelhardt hob die Hand und gebot ihr zu schweigen. Marita ließ den Anwalt nicht aus den Augen, als er aufstand und gesenkten Kopfes in dem kleinen Gärtchen hin und her lief. Es drängte sie, sich weiter zu erklären. Aber so schwer es ihr fiel, sie wusste, dass sie jetzt ihren Mund halten und auf Dr. Engelhardts Reaktion warten sollte. Im Schneckentempo schlichen die Sekunden dahin, bis er urplötzlich stehenblieb.

»Also, damit es da keine Missverständnisse gibt. Das Bild gehört mir, und dabei wird es bleiben. Und ich und nur ich entscheide, was damit geschieht. Meinen Sie, ich habe mir darüber keine Gedanken gemacht?«

»Wie?«

»Ich weiß genau, dass jedes Museum dieses Bild gern hätte. Ich weiß auch, dass das Gemälde eigentlich dahin gehört. Aber ich will es behalten, jedenfalls jetzt noch. Und das ist nur möglich, wenn niemand davon weiß. Ich will nicht die ganze Zeit von Kunstexperten oder irgendwelchen Geiern wie Zakhani bedrängt und umlagert werden. Das haben Sie mir ja jetzt gründlich vermasselt. Ausgerechnet Zakhani, dieser Gierhals.«

Dr. Engelhardt ließ sich in einen Korbsessel fallen.

»Woher kennen Sie den eigentlich?«, fragte er.

»Wir waren mal ein paar Jahre zusammen.«

»Sie und Zakhani?«

»Das ist lange her. Da war er noch anders drauf.«

Dr. Engelhardt saß gesenkten Kopfes in seinem Stuhl. Marita beobachtete ihn einen Moment und wagte dann einen Vorstoß.

»Darf ich Ihnen eine Frage stellen?«

»Da Sie schon mal hier sind, fragen Sie.«

»Ist das tatsächlich der originale Caravaggio?«

»Wenn ich Ihnen das jetzt sage, dann rennen Sie gleich wieder zu Zakhani.«

»Nein, natürlich nicht. Ich hatte auf seine Ehrlichkeit vertraut.«

Dr. Engelhardt brach in schallendes Lachen aus und konnte sich kaum wieder beruhigen.

»Ehrlichkeit. Das ist der Witz des Jahrhunderts. Seit Jahren kaufe ich Bilder bei Zakhani. Der und ehrlich. Der ist nur auf seinen Vorteil bedacht und würde alles machen, was seinem Konto zugute kommt.«

»Das weiß ich jetzt auch. Ich war heute Morgen noch mal bei ihm. Er hat mich einfach abgewimmelt. Ist es denn wirklich das Original?«

»Ja, das Bild ist echt, zweifelsfrei.«

»Entschuldigen Sie meine Neugier, aber wie können Sie das wissen? Haben Sie ein Gutachten anfertigen lassen?«

»Nein, aber das war auch gar nicht nötig.«

Dr. Engelhardt hielt einen Moment inne. Er hob den Kopf und sah ihr ins Gesicht.

»Da Sie jetzt schon von der Existenz des Bildes wissen, kann ich es Ihnen auch sagen. Mein Vater hat das Gemälde kurz nach dem Krieg von einem amerikanischen Agenten erworben, und der hatte es von jemanden, der es in Grasleben einfach mitgenommen hatte. Da lagerten eine Menge Leinwände aus der Berliner Gemäldegalerie. Aber das wissen Sie ja sicherlich, als Kunstwissenschaftlerin. Es kann nur das Original sein.«

»Also ist es vor dem Brand abtransportiert worden und erhalten. Wissen Sie, was das für die Wissenschaft bedeutet? Vielleicht können Sie mich ja ein bisschen verstehen. Ich war völlig aufgedreht, als ich das Bild gesehen habe. Ich habe gespürt, dass es ein Original ist. Ich wollte Sie nicht in Schwierigkeiten bringen, das müssen Sie mir glauben.«

»Na, das ist Ihnen ja gründlich misslungen.«

»Ja, ich weiß. Ich habe nur an die Kunst gedacht. Das wäre fantastisch, wenn dieses Bild erforscht werden könnte.«

»Aber es geht doch nicht um die Kunst. Es geht doch nur ums Geld. Was meinen Sie, was geschähe, wenn man wüsste, dass ich das Bild besitze?«

»Sie könnten es der Forschung zur Verfügung stellen. Dann wäre es vor Typen wie Darius sicher.«

Engelhardt lachte erneut schallend auf. Er schüttelte den Kopf.

»Sie mögen sich ja mit Kunst auskennen. Aber offenbar haben Sie keine Ahnung, was auf dem Kunstmarkt los ist. Da interessiert sich niemand für Kunst. Da geht es nur und ausschließlich um Geld. Haben Sie nicht neulich von dem Fall eines neu entdeckten Caravaggio gelesen? Erst wurde riesiges Aufheben darum gemacht, und dann war das Bild plötzlich weg. Irgendein Privatsammler hat es unter der Hand gekauft. Schlimm genug, dass jetzt Zakhani von meinem Bild weiß. Ich hoffe nur, dass er nicht die Presse einschaltet.«

»Wieso sollte er das tun?«

»Na, um mich unter Druck zu setzen natürlich. Möglicherweise steht mir das noch bevor. Der lässt garantiert nicht locker.«

»Das tut mir alles furchtbar leid.«

»Wenn Sie das tatsächlich so interessiert, warum haben Sie mich nicht direkt angesprochen? Wir kennen uns doch jetzt schon seit Jahren. Warum sind Sie zu diesem Kunstfatzke gelaufen?«

»Ich dachte, Sie nehmen mich nicht ernst, als einfache Putzfrau.«

»Die Sie ja offenbar nicht sind. Warum putzen Sie eigentlich, bei Ihrer Qualifikation?«

Marita überging die Frage. Sie hatte keine Lust, sich schon wieder zu rechtfertigen.

»Sie haben ja Recht, ich hätte Sie ansprechen müssen. Ich dachte, Darius sähe das so wie ich. Ich dachte, er könnte Sie viel besser davon überzeugen, das Bild der Forschung zugänglich zu machen.«

»Da kennen Sie den aber wirklich schlecht. Ihr Freund ist ein Krimineller, wissen Sie das nicht?«

»Er ist nicht mehr mein Freund«, betonte Marita. »Und ich weiß jetzt, dass er nur auf Geld fixiert ist.«

»Wenn es nur das wäre.«

»Was wollen Sie damit sagen?«

»Zakhani hat versucht, mir das Bild zu stehlen.«

»Was?«

Marita errötete. Also war Darius tatsächlich viel weiter gegangen, als sie befürchtet hatte.

»Was ist passiert? Hat er das Bild geklaut? Wo ist es jetzt?«

»Das, meine Liebe, werde ich Ihnen ganz bestimmt nicht sagen.«

»Also haben Sie es noch? Ist es unbeschädigt?«

Haustürklingeln unterbrach das Gespräch. Dr. Engelhardt brummte etwas Unverständliches, stand auf und verschwand im Innern. Marita hörte ihn die Tür öffnen.

»Sie sind es«, hörte Sie ihn sagen.

»Guten Tag. Wir müssen reden.«

Marita erkannte die Stimme. Es war dieselbe Person, die heute Morgen bei Darius gewesen war. Engelhardt erschien mit einem schmalen, jugendlich wirkenden Mann auf der Terrasse. Marita schätzte ihn auf Mitte zwanzig. Dunkle Locken umrahmten sein Gesicht. Sein heller Teint ließ vermuten, dass er sich wenig in der Sonne aufhielt.

Marita war dieser Typ sofort unsympathisch. Ihr missfiel der vorwurfsvolle Blick, mit dem er Dr. Engelhardt fixierte.

»Es ist etwas geschehen«, sagte der Jüngling. »Ich brauche Informationen von Ihnen.«

Er nickte mit dem Kopf Richtung Marita.

»Ich muss allein mit Ihnen reden.«

»Sie können ruhig sprechen.«

»Aber...«

»Keine Sorgen, reden Sie nur. Ist irgendetwas mit dem Bild?«

»Das kann man so sagen.«

Der Jüngling berichtete von einem brutalen Überfall. Dabei sei das

Bild beinah gestohlen worden. Marita erschrak. Aber es beruhigte sie zu hören, dass es noch unversehrt war. Offenbar ließ Dr. Engelhardt es irgendwohin transportieren. Kaum war der Jüngling fertig mit seinem Bericht, sprang der Anwalt auf und verschwand im Innern des Hauses.

»Wo gehen Sie hin?«, rief das Jüngelchen hinter ihm her.

Marita sah, wie Dr. Engelhardt kurz die Hand hob und ihm gebot, zu warten. Der Blick des jungen Mannes fiel auf sie. Er musterte sie mit der gleichen Strenge wie zuvor Dr. Engelhardt.

»Ich habe Sie doch in Düsseldorf bei Zakhani gesehen.«

»Sie spionieren mir nach? Was fällt Ihnen ein?«

»Ich bin Privatdetektiv, falls Sie das nicht mitbekommen haben.«

So siehst du aber gar nicht aus, dachte Marita, und deine Arroganz kannst du dir sparen.

»Was haben Sie bei Zakhani gewollt?«, fragte der Detektiv.

»Das geht Sie gar nichts an.«

Schon einmal hatte sie zu viel gesagt. Jetzt würde sie ihren Mund halten. Gar nichts würde das Bübchen von ihr erfahren. Sie war froh, dass Dr. Engelhardt schnell zurückkehrte. Er wirkte irgendwie entspannt.

»Alles ist in Ordnung. Ihr Kollege ist planmäßig auf dem Weg.«

»Das weiß ich bereits.«

»Zakhanis Mitarbeiter wird ihn nicht mehr belästigen.«

»Was heißt das, er wird ihn nicht mehr belästigen?«

»Wenn meine Mitarbeiterin sagt, er wird ihn nicht mehr belästigen, dann können Sie sich darauf verlassen. Sie ist absolut zuverlässig. Mehr weiß ich nicht, und mehr will ich auch nicht wissen.«

»Die Frau ist ihre Mitarbeiterin? Warum erfahre ich das erst jetzt? Wir müssen so etwas wissen.«

Der Detektiv war laut geworden und beinah aufgesprungen. Marita gefiel immer weniger, wie rabiat er mit Dr. Engelhardt umging.

»Wie soll mein Partner richtig reagieren können? Wer ist diese Frau? Wenn Sie mir jetzt nicht alles sagen, blasen wir die Sache ab und Rafael fährt umgehend zurück. Dann können Sie sich jemand anderen suchen, der sich um Ihr Bild kümmert.«

»Also gut, Sie haben ja Recht. Zakhani hat Ihnen seinen Lakaien auf den Hals gehetzt.«

»Ben Mertens.«

»Ja. Davon wusste ich bis jetzt nichts. Ich habe Ihrem Kollegen Camilla hinterhergeschickt, einfach sicherheitshalber. Sie soll eingreifen, wenn es nötig ist. Sie haben ja gesehen, dass es nötig war.«

»Warum haben Sie uns das nicht erzählt? Bis jetzt haben wir nicht gewusst, dass diese Frau auf unserer Seite ist. Vielleicht wäre alles schief gegangen. Wie soll Rafael das richtig einschätzen, wenn er nichts weiß?«

»Ja, Sie haben ja Recht.«

»Und, gibt es sonst noch etwas, was wir nicht wissen?«

»Nein. Meine Mitarbeiterin wird Ihrem Kollegen weiter folgen, sonst gibt es nichts.«

»Ich will es mal hoffen. Und diese Dame neben mir? Wie steckt sie da mit drin?«

Jetzt fängt er schon wieder an, dachte Marita. Zorn stieg in ihr auf und trieb ihr die Röte ins Gesicht. Das war zu viel. Jetzt würde sie sich nicht mehr zurückhalten, doch Dr. Engelhardt kam ihr zuvor.

»Sie hat nichts damit zu tun«, sagte er.

»Das kann nicht sein. Ich habe sie heute Morgen bei Zakhani gesehen.«

»Ich weiß, dass sie dort war. Aber sie hat damit nichts zu tun. Das versichere ich Ihnen. Das muss Ihnen genügen.«

Das Jüngelchen schien nicht zufrieden mit der Antwort.

»Na gut, aber eines verstehe ich immer noch nicht«, sagte er. »Warum soll Rafael das Bild in einer Wohnung abstellen und dann den Schlüssel wegwerfen? Finden Sie nicht auch, dass das merkwürdig klingt?«

»Das geht Sie nun wirklich nichts an.«

»Und ob es mich etwas angeht.«

»Es muss Ihnen aber reichen. Sobald Ihr Kollege die Wohnung verlassen und Bescheid gegeben hat, ist die Sache für Sie erledigt.«

»Das ist keine befriedigende Antwort auf meine Frage.«

»Vergessen Sie nicht, dass ich Ihr Auftraggeber bin. Es ist doch alles in Ordnung mit ihrem Kollegen. Ihm wird nichts mehr geschehen.«

»Das glaube ich erst, wenn er wieder zuhause ist.«

»Wie auch immer, noch eines: Ganz gleich was geschieht, und ich hoffe, nichts mehr, absolut niemand darf von dem Bild erfahren.«

»Deshalb haben Sie doch uns engagiert und niemand anderen.«

Die Unterhaltung verebbte. Nach einer Weile erhob sich der Jüngling und ging ohne ein weiteres Wort Richtung Haustür. Dr. Engelhardt folgte ihm. Als er zurückkehrte, schien sein Ärger wie weggeblasen zu sein. Wenn Marita sich nicht täuschte, strahlte er sogar gute Laune aus. Den Blick, den er ihr zuwarf, konnte sie nicht deuten. Zorn lag jedoch nicht darin. Obwohl es sie drängte, das Gespräch wieder auf den Caravaggio zu bringen, riet ihr ihr Gespür, das lieber nicht zu tun.

»Kunstwissenschaftlerin sind Sie also«, sagte Engelhardt. »Was ist Ihr Gebiet?«

»Expressionismus. Ich habe meine Magisterarbeit über den norwegischen Maler Erik Werenskiold geschrieben. Der ist hier wenig bekannt.«

»Darüber müssen Sie mir mehr erzählen.«

»Gerne.«

»Was meinen Sie, wenn Sie schon mal da sind, dann könnte ich doch etwas für uns beide kochen? Es geht so langsam auf Mittag zu.«

Marita war sprachlos. Sie war nicht rausgeflogen, ihr war nicht gekündigt worden, und Dr. Engelhardts Verstimmung schien verflogen. Entweder war er großherziger, als sie ihn eingeschätzt hatte. Oder er war doch einfach nur scharf auf sie und wollte sie in seiner Nähe haben. Auf jeden Fall hatte er ein Auge auf sie geworfen. Schon vor einiger Zeit war ihr aufgefallen, dass er während ihrer Putzzeiten häufig zuhause war und sie ständig musterte. Schlicht gesagt glotzte er ihr gern auf den Hintern. Aber niemals, nicht einmal andeutungsweise, hatte er sich ihr genähert. Er wusste, dass sie verheiratet war und sich mit ihrem Mann gut verstand und schien das zu respektieren.

Natürlich bliebe sie zum Essen. Außerdem wäre es unfreundlich, Dr. Engelhardts Angebot auszuschlagen. Bald zog Marita der Duft angebratener Zwiebeln in die Nase. Sie ließ sich tiefer ins Polster des Korbsessels sinken und war froh, alles gebeichtet zu haben. Je länger sie darüber nachdachte, desto mehr ärgerte sie sich über sich selbst. Sie hätte spüren müssen, dass Darius sie hintergehen würde. Aber es hatte keinen Sinn, über das Geschehene zu lamentieren. Es war nicht mehr zu ändern. Marita sah lieber nach vorn. Sie würde Dr. Engelhardt fragen, ob sie ihn irgendwie unterstützen könnte.

22

Rafael Schelbert ließ Maurice' Schimpftiraden schweigend über sich ergehen. Sie prasselten ja diesmal nicht auf ihn herab, sondern richteten sich gegen Dr. Engelhardt. Natürlich hätte der Anwalt ihnen von der Frau berichten müssen. Schelbert hatte keine Ahnung gehabt, wer sie war, und er hatte nicht gewusst, warum sie ihm geholfen hatte. Mit Mertens' Pistole im Rücken hatte er spontan reagieren müssen.

»Und dann sagt er mir ganz locker ins Gesicht, dass sie für ihn arbeitet«, empörte sich Maurice und schwieg einen Moment.

»Nun beruhige dich. Es ist ja alles gut gegangen«, antwortete Schelbert.

»Der hat uns ins offene Messer rennen lassen. Wie soll ich mich da beruhigen?«

»Ich kann jetzt sowieso nichts anderes tun, als weiterzufahren. Ein paar Stunden noch, dann bin ich ja schon da. Außerdem hat Engelhardt doch gesagt, dass die Frau diesen Mertens ausgeschaltet hat, oder nicht?«

»Was immer das auch heißt.«

»Na ja, uns kann das letztlich egal sein.«

»Und wenn sie ihn umgebracht hat? Dann sind wir wegen Beihilfe zum Mord dran.«

»Du übertreibst.«

»Ich übertreibe?«

»Wir wissen doch gar nichts. Wir können doch jetzt nur weitermachen.«

»Ist die Frau hinter dir?«

»Ich denke schon. Da fährt schon eine ganze Weile ein Audi hinter mir her.«

»Sie fährt einen Audi, sagt jedenfalls unser lieber Dr. Engelhardt. Das könnte sie sein. Bleib trotzdem vorsichtig. Ich traue der Sache nicht.«

»Dass du mal auf dein Gefühl hörst.«

Schelbert hatte sich nicht zurückhalten können, diese Spitze anzubringen. Normalerweise gab Maurice sich als strenger Rationalist. Für ihn bestand die Welt aus logischen Verkettungen. Schelberts Argumentation, man solle eher der Intuition folgen, lehnte er rigoros ab. Es war einer ihrer beständigen Streitpunkte, und jetzt hielt er selbst an seinem unbestimmten Gefühl fest.

»Spotte du nur, es ist eben so. Engelhardt hat uns immer noch nicht alles erzählt. Das habe ich im Gespür. Außerdem ist er nicht damit rausgerückt, was diese Frau mit Mertens gemacht hat. Und dass du das Bild einfach abstellen sollst, gefällt mir auch nicht.«

»Das mag ja sein. Aber was ist Schlimmes daran?«

»Was geschieht dann mit dem Gemälde? Bringt dich das schon wieder in Gefahr, weil wir nicht wissen, was das soll?«

»Also manchmal machst du Probleme, wo keine sind.«

»Und du nimmst das wieder mal einfach so hin und stürzt dich ins Geschehen. Du siehst ja, was passiert ist.«

»Für den Unfall kann ich ja wohl nichts.«

»Du hättest auf der Autobahn bleiben können, statt über enge Landstraßen zu rasen.«

»Und da hätte mir jemand reinfahren können oder was auch immer. Das ist doch Blödsinn, was du sagst. Ich erledige jetzt einfach meinen Auftrag.«

»Unseren Auftrag, meinst du wohl.«

»Ja, natürlich, wie du meinst.«

Schelbert beendete das Telefonat. Diesen fruchtlosen Streit konnte er jetzt nicht brauchen. Er musste fahren und sehen, dass er so schnell wie möglich ankam. Um sich abzulenken, schaltete er das Radio ein. Er verstand die kroatische Sprache nicht, aber er mochte ihren Klang. Im Rückspiegel sah er, dass der Audi dicht aufgefahren war. Er musste zugeben, dass es ein beruhigendes Gefühl war, jemanden auf seiner Seite zu haben.

Schelbert dachte an den Überfall zurück. Diese Frau hatte Mertens überwältigt, als sei es das Einfachste auf der Welt. Schelbert war dank jahrelangem disziplinierten Training nicht schwach oder hilflos. Aber er hatte keinerlei Kampferfahrung. Er wusste nicht, wie man sich wehrte, sich aus einer Umklammerung befreite und was man mit einer Pistole im Rücken tun konnte. Ohne das nutzte ihm seine Kraft wenig. Wenn das alles vorüber war, könnte er die Frau fragen, wo man solch effektive Kampftechniken erlernen kann.

Seine Verstimmung war schnell verflogen. Er rief Maurice noch mal an und erkannte am Ton seines Freundes, dass auch dieser sich beruhigt hatte. Wahrscheinlich saß er schon wieder vor seinen Bildschirmen.

»Was machst du jetzt?«, fragte Schelbert.

»Ich recherchiere weiter. Vielleicht bekomme ich noch etwas raus.«

»Hast du noch ein paar Minuten für mich? Mir ist langweilig. Hast du nicht noch einen Text für mich?«

»Habe ich. Einen Moment. Ich muss eben den Text suchen.«

Maurice bediente sein Smartphone.

»Also, es geht los: ›Wir glitten durch das schwüle Abendlicht von Algiers und wieder auf die Fähre, hinüber zu den schlammverspritzten und muschelverkrusteten alten Schiffen am andern Ufer, wieder die Canal Street entlang und weiter hinaus, dann auf dem zweispurigen Highway in violetter Dunkelheit nach Baton Rouge und dort mit einem Schlenker nach Westen über den Mississippi bei einer Stadt namens Port Allen. Port Allen – wo der Fluss nur noch Regen und Rosen ist, in einer dunstigen gesprenkelten Dunkelheit, wo wir unter gelben Nebellampen um einen Kreisverkehr schwangen und plötzlich den mächtigen schwarzen Wasserlauf unter der Brücke sahen, während wir wieder einmal die Ewigkeit überquerten.‹ Fertig.«

»Ich weiß, was das ist, aber spontan fällt es mir nicht ein. Lass mich einen Moment überlegen.«

»Zeit hast du ja genug.«

Rafael Schelbert lachte. Maurice fiel ein.

»Ich gebe dir drei Stunden. Ich bin sicher, dass du das schaffst«, sagte er und legte auf.

Berlin und Grasleben, 1945

An diesem sechsten April war es nicht besonders warm. Seit ein paar Minuten tröpfelte es. Günter Mayer hoffte, dass es sich nicht einregnete. Er hatte einen Auftrag zu erfüllen, und bis Grasleben ist es weit, dachte er, als er den Lastwagen bestieg. Er verließ den Flakbunker, fuhr am Volkspark Friedrichshain vorbei und bog in die Friedenstraße ein.

Mühsam lenkte er das Fahrzeug durch die Straßen Berlins. Obwohl er mit seinen zweiundzwanzig Jahren körperlich eigentlich fit sein sollte, erschöpfte ihn das Bedienen der schwergängigen Lenkung schon jetzt, da er kaum ein paar hundert Meter gefahren war. Die Anstrengungen der letzten Wochen mit ständiger Bereitschaft und langen Diensten machten sich bemerkbar. Doch bevor das Ziel nicht erreicht war, durfte er nicht anhalten und schon gar nicht rasten.

Er hatte keine Ahnung, was sich so Wichtiges im Fahrzeug befand. Seine Kameraden hatten große, verhüllte Gegenstände hineingeschleppt und den gesamten Raum bis oben hin gefüllt. Günter Mayer wusste nur, dass es etwas sehr Wertvolles war. Niemals hätte man sonst den Kraftstoff für die lange Strecke genehmigt. Sie hatten ja kaum genug für die notwendigen Fahrten innerhalb Berlins. Günter war bewusst, dass er mit der Aufgabe, die Sachen ans Ziel zu bringen, große Verantwortung über-

nommen hatte. Und er war ein Soldat, der seine Aufgaben ernst nahm.

In letzter Zeit zweifelte er allerdings immer mehr daran, ob das alles noch Sinn habe. Immer wieder hörte er es raunen, der Krieg sei bald vorbei, es würde nicht mehr lange dauern, die Russen stünden schon kurz vor der Stadt. Er wusste nicht, ob er das glauben sollte, hatte aber keine Muße, sich darüber Gedanken zu machen.

Als er am Großen Stern scharf rechts auf die Charlottenburger Straße abbog, begann das überladene Fahrzeug zu schwanken. Günter bremste und korrigierte, bis der Lastwagen sich wieder fing. Dann beschleunigte er. So schnell wie möglich wollte er die Reichsautobahn Richtung Ruhrgebiet erreichen.

Fünf Stunden später erfassten die Scheinwerfer des Fahrzeugs das Ortsschild von Grasleben. Das Städtchen lag in völliger Dunkelheit. Glücklicherweise war es so klein, dass Günter nicht lange suchen musste. Er parkte das Fahrzeug dicht vor dem Eingang der Industrieanlage, zog den Zündschlüssel ab und gestattete sich einen Moment des Verschnaufens. Links ragte der grün lackierte Förderturm des ehemaligen Salzbergwerks in die Höhe.

Er war heilfroh, ohne Komplikationen angekommen zu sein. Aus eigener Erfahrung wusste er, dass die alten Fahrzeuge ihre Macken hatten und nicht selten liegen blieben. Das war ihm erspart geblieben. Er hatte seinen Befehl ordnungsgemäß ausführen können. Es galt nur noch abzuladen.

Günter Mayer stieg aus, streckte sich, gähnte und klopfte an das große Tor. Noch zweimal musste er lautstark auf das Metall schlagen, bis die trübe Glühlampe an der Wand aufleuchtete und sich das Tor knarrend und quietschend öffnete. Als er den Major auf sich zukommen sah, salutierte er.

»Stehen Sie locker«, sagte dieser. »So schnell haben wir Sie gar nicht erwartet. Nun ja, umso besser, dann kommen wir alle früher ins Bett.«

Der Major bellte einige Befehle. Er gebot Günter, den LKW auf das Gelände zu fahren und vor einer Halle zu parken. Günter stellte den Motor ab und stieg aus.

»Gehen Sie in den Schlafsaal, Soldat. Ihre Arbeit ist erledigt.«

Günter war froh, sich endlich ausruhen zu können. Als er kurz zurückblickte sah er, wie die Graslebener Kameraden die verhüllten Gegenstände mühevoll ausluden und ins Lager trugen. Von einem war das Tuch abgerutscht. Günter Mayer konnte erkennen, dass es sich um ein Ölgemälde handelte.

An Zurückfahren war bei den knappen Treibstoffvorräten nicht zu denken. Er würde jetzt hierbleiben. Warum nicht, dachte Günter, ohne zu wissen, dass er fünf Tage später in amerikanische Kriegsgefangenschaft geraten würde.

23

Keine Frage, Darius Zakhani war ein attraktiver Mann mit Charisma, der das mit geschmackvoller Kleidung zu unterstreichen wusste. Aber das nutzte ihm gar nichts, dachte Fergal Tygstrup. Neben ihm hatte er keine Chance. Es war immer das Gleiche. Sobald Fergal den Raum betrat, flogen die Frauen auf ihn und niemanden sonst.

An seinem Äußeren konnte das nicht liegen. Wenn er in den Spiegel blickte, sah er einen übergewichtigen Mann mit bleicher, sommersprossengesprenkelter Haut. Sein gewaltiger, haarloser Schädel schien halslos auf dem Rumpf aufzusitzen. Durch die dicken Gläser seiner knallgelben Brille, dem einzigen modischen Element seiner Erscheinung, wirkten seine Augen unnatürlich vergrößert, und er war zu faul, sich jeden Tag zu rasieren. Vielleicht waren es seine außergewöhnliche Intelligenz und sein schier unerschöpfliches Wissen, das ihn so unwiderstehlich machte. Wenn Tygstrup sprach, verstummten alle anderen. In der Kunstszene glänzte er durch Sachverstand und ein nahezu hellseherisches Urteilsvermögen. Niemand machte ihm so schnell etwas vor, schon gar nicht dieser Kaufmann, der heute einen silbergrauen Maßanzug trug und kaum, dass er saß, zu plappern begann. So aufgedreht hatte Tygstrup Zakhani noch nie erlebt.

»Was ist los mit dir?«

»Ein verschollen geglaubtes Bild ist aufgetaucht.«

Zakhani hielt inne. Fergal Tygstrup hasste solche Dramatisierungen. Gelangweilt wippte er mit seinem Bürosessel.

»Und? Das höre ich jeden Tag«, sagte er.

»Der ›heilige Matthäus mit dem Engel‹.«

Tygstrup verzog den Mund zu einem spöttischen Lächeln.

»Selten so gelacht. Willst du mich verarschen? Das Bild ist verbrannt.«

»Säße ich hier, wenn ich Witze machen würde?«

Fergal Tygstrup schwieg. Er mochte Zakhani nicht besonders. Aber der Kunsthändler hatte gute Kontakte. Auch wenn er manchmal übertrieb, ein Schwätzer war er nicht. Er würde so etwas nicht behaupten, wenn er nicht irgendetwas an der Angel hätte.

»Wenn du es nicht wärst, würde ich dich jetzt rausschmeißen. Was heißt das, das Bild ist aufgetaucht? Wo hast du es gesehen?«

»Ich habe es nicht gesehen.«

Tygstrup stöhnte auf.

»Und warum sitzt du dann hier? Du verschwendest meine Zeit.«

»Lass mich doch ausreden! Eine gute Bekannte hat das Bild gefunden.«

»Kommst du irgendwann auch zum Punkt? Ich habe Besseres zu tun, als mir irgendwelche Fantasiegeschichten anzuhören.«

»Sie hat Fotos gemacht«, sagte Zakhani. »Ich weiß natürlich nicht, ob das Bild echt ist, aber die ganze Geschichte klingt danach. Ich bin mir sicher, dass es zumindest aus der Zeit stammt, vielleicht aus der Caravaggio-Schule.«

»Das nützt mir wenig. Was sagen ein paar Fotos schon aus.«

»Dann sieh sie dir mal an.«

Tygstrup nahm Zakhanis Smartphone entgegen. Schweigend betrachtete der Journalist die Aufnahmen. Trotz der schlechten Qualität der Reproduktionen war ihm plötzlich, als könne er die Aura dieses Gemäldes spüren. Möglicherweise war tatsächlich etwas an der Sache dran. Zakhani erzählte ihm von Marita Buschweiler-Krischs Besuch und ihrer Entdeckung.

»Und warum bist du jetzt bei mir?«, fragte er.

»Du könntest das veröffentlichen.«

»Und warum sollte ich das tun?«

»Das Bild gehört einem Anwalt, einem Kunden von mir. Er hält es versteckt. Du könntest ihn damit aufscheuchen.«

»Und du hättest die Chance, einen Verkauf zu arrangieren? Na ja, mir soll das egal sein. Aber du weißt, dass ich das recherchieren muss? Ich kann das nicht einfach in die Welt setzen. Ich muss zumindest mit dem Anwalt reden und mit deiner Bekannten, die das Bild angeblich entdeckt hat.«

»Ich fürchte, dazu reicht die Zeit nicht.«

Fergal Tygstrup schüttelte den Kopf.

»Was heißt denn das schon wieder? Kannst du mir vielleicht mal die ganze Geschichte erzählen?«

Während Zakhani sprach, hielt Fergal Tygstrup den Kopf gesenkt und lauschte mit zunehmender Aufmerksamkeit. Der Besitzer des Bildes sei dabei, es fortzuschaffen, und Zakhani hatte seinen Helfer hinterhergeschickt, um es zu stehlen. Jetzt hatte der Kunsthändler den Kontakt zu seinem Lakaien verloren. Die Lage war ihm aus der Hand geglitten.

Fergal Tygstrup verharrte bewegungslos. Das klang alles plausibel. Warum sollte Zakhani ihm eine solche Geschichte auftischen, wenn sie nicht stimmte? Natürlich erzählte er ihm das alles nicht aus Freundschaft. Es stand ihm ins Gesicht geschrieben, dass er Hilfe benötigte. Er brauchte Tygstrup, um doch noch irgendwie an das Bild zu kommen. Würde die Existenz des Gemäldes bekannt werden, würde alle Welt sich darauf stürzen und diesen Anwalt bedrängen.

So hast du dir das vorgestellt, dachte Fergal Tygstrup, aber so würde es nicht laufen. Er wusste ganz genau, was er tun würde. Ein Erfolg wäre nicht garantiert, aber wenn es funktionierte, könnte er selbst eine Unmenge Geld abschöpfen. Zakhani durfte davon nichts wissen. Nur gut, dass der Kunsthändler ihn lediglich als Journalisten kannte. Über seine andere Tätigkeit wusste er nichts. Tygstrup hob den Kopf, blickte Zakhani ins Gesicht und gab sich weiterhin den Anschein, als interessiere ihn das alles wenig.

»Du kannst Mertens gar nicht mehr erreichen?«, fragte er.

»Das ist es ja, was mich beunruhigt. Nachdem er niedergeschlagen wurde, hat er mich angerufen. Seitdem ist Funkstille. Sein Handy ist offenbar ausgeschaltet.«

»Und der Transporteur fährt die kroatische Autobahn in südlicher Richtung?«

»Das ist jedenfalls das Letzte, was ich gehört habe.«

»In einem weißen Golf?«

»Genau.«

Tygstrup senkte den Kopf.

»Vielleicht kann ich dir ja wirklich helfen. Lass mich mal machen.«

»Was hast du vor?«

»Lass mich machen. Ich melde mich.«

Fergal Tygstrup scheuchte Darius Zakhani aus seiner Wohnung. Wenn sein Plan gelingen sollte, durfte er keine Zeit verlieren. Er musste sofort handeln. Schnell schlüpfte er in seine Schuhe, schnappte die Autoschlüssel und warf die Tür hinter sich zu. Obwohl er sich nicht viel davon versprach, würde er die Frau und den Anwalt in Wanne-Eickel aufsuchen. Doch das Allerwichtigste war jetzt der Anruf. Noch auf dem Weg zur Garage wählte er eine Nummer, mit der er schon massenweise Geld verdient hatte.

Nur ungern erinnerte er sich daran, wie er zu dieser Nummer gekommen war. Auf der Suche nach einem William-Turner-Bild war er in die Fänge der albanischen Mafia geraten. Gefesselt hatte er auf einem Stuhl gesessen, als ein Mann den Raum betrat und sich ihm gegenüber setzte. Fergal Tygstrup würde diesen Moment nie vergessen. Keiner seiner Bewacher wagte es, in der Gegenwart dieses Mannes auch nur laut zu atmen. Auch ihn selbst erfasste eine instinktive Furcht. Er war sich damals sicher gewesen, dass seine letzte Stunde geschlagen hatte. Dann kam alles anders.

Der Mann sprach einwandfreies Hochdeutsch. Er stellte sich als

Lekë Bekthasi vor, nahm ihm die Fesseln ab und behandelte ihn wie einen Gast. Sie bräuchten sein Wissen und seine Kontakte, sagte er. Sie wollten an den Turner kommen. Würde er ihnen helfen, würde er es nicht bereuen. Tygstrup machte sich an die Arbeit. Kurz nach dem erfolgreich vollzogenen Handel stand Bekthasi in Düsseldorf vor seiner Haustür. Er schlug ihm eine regelmäßige Zusammenarbeit vor und überreichte ihm einen Umschlag. Neben einem sehr dicken Bündel Geldscheine enthielt er einen Zettel mit einer Telefonnummer.

Tygstrup wusste nicht, ob er die Zusammenarbeit mit dem Albaner hätte ablehnen können. Aber er wollte das auch gar nicht. Warum sollte er? Er musste ja mehr oder weniger nur das tun, was er ohnehin schon tat. Er musste recherchieren und seine Kontakte nutzen. Als Journalist konnte er, ohne Aufmerksamkeit zu erregen, überall Informationen einholen. Gezielt suchte er seitdem nach Raritäten auf dem Kunstmarkt und hatte dabei auch Darius Zakhani kennengelernt. Dann sorgte er dafür, dass diese Kunstwerke in den Händen der Albaner landeten. Seine Provision war im Verhältnis zum Wert der Werke gering. Aber es war sehr viel mehr Geld, als er je als Journalist hätte verdienen können. Er verdankte diesen Transaktionen ein gut gefülltes Bankkonto und sein irrsinnig teures Apartment in der Düsseldorfer Innenstadt.

Manchmal, wenn er in sich ging, fragte er sich, ob er sich wirklich nur für Geld interessierte. Sein Metier war die Kunst, und für die sollte er sich vornehmlich begeistern. Natürlich faszinierten ihn Kunstwerke. Natürlich schrieb er gern und wusste, dass er als der Beste in seinem Fach galt. Das befriedigte seine Eitelkeit. Doch Geld befriedigte ihn noch mehr.

Jetzt hatte er das wertvollste Objekt an der Angel, mit dem er je zu tun gehabt hatte. Nach Zakhanis Schilderung war es sehr wahrscheinlich, dass es sich um das originale Gemälde handelte. Er kannte den Marktwert dieses Objekts. Mit seinem Anteil an diesem Geschäft könnte er sich, wenn er wollte, zur Ruhe setzen. Er könnte alle lästigen Arbeiten ablehnen und vielleicht sogar selbst ein paar Kunstwerke anschaffen.

Fergal Tygstrup wusste, dass Lekë Bekthasi über ein weitverzweigtes Netzwerk im ehemaligen Jugoslawien verfügte. Es sollte nicht allzu schwierig werden, den Golf aufzuspüren. Nach dem zweiten Klingeln nahm der Albaner ab. Tygstrup schilderte ihm die Situation.

»Und das Bild? Ist es echt?«, fragte Bekthasi.

»Das kann ich Ihnen nicht garantieren, aber wahrscheinlich ja.«

»Und was schätzen Sie? Was bringt es ein?«

»Fünfzig bis hundert Millionen bestimmt.«

Lekë Bekthasi schwieg. Tygstrup meinte, ihn tief Luft holen zu hören.

»Das Bild wird gerade transportiert«, sagte Tygstrup, »in einem weißen Golf mit deutschem Kennzeichen, bei Quint gemietet, auf der kroatischen Küstenstraße Richtung Süden. Mehr weiß ich nicht.«

»Und die Fahrer?«

»Es ist nur einer.«

»Gut.«

»Und es muss schnell gehen. Ich habe keine Ahnung, wo das Bild hingebracht werden soll.«

»Ich melde mich.«

Wie immer war Bekthasi äußerst kurz angebunden. Tygstrup war das nur recht. Je weniger er mit dem Albaner zu tun hatte, desto lieber war es ihm. Trotz der vielen Jahre, die sie jetzt zusammenarbeiteten, fühlte er sich immer noch unwohl, wenn er mit ihm sprach.

Dass er dem Transporteur des Bildes gerade die albanische Mafia auf den Hals gehetzt und ihn möglicherweise in Lebensgefahr gebracht hatte, berührte ihn nicht. Ihm war völlig klar, dass die Albaner nicht vor Körperverletzung und Mord zurückschreckten und er dazu Beihilfe leistete. Das gehörte zum Job. Wer sich auf den Kunstmarkt begibt, der lebt eben gefährlich.

Das Wichtigste war erledigt. Ein halbe Stunde später parkte er direkt vor Marita Buschweiler-Krischs Wanne-Eickeler Villa. Er würde seine übliche Taktik anwenden und die Frau mit seiner Unwiderstehlichkeit bezirzen.

24

Die Enge der Küstenstraße und die rigiden Geschwindigkeitsbe-schränkungen zwangen Rafael Schelbert zu einem mäßigen Tempo. Sehr viel mehr als sechzig Stundenkilometer waren nicht drin. Dabei ließ er den Blick immer wieder über die kargen, mit Salbei bewachse-nen Berghänge schweifen. Er öffnete das Fenster und sog den Duft der Kräuter tief ein. Ihm gefiel das mediterrane Ambiente, und die Wärme der Luft tat ihm gut.

Weiterhin behielt er den Rückspiegel im Auge. Er hatte sich schon an den Anblick des Kühlergrills mit den vier Ringen hinter ihm ge-wöhnt. Er passierte eine kleine Ansiedlung. Danach stieg die Straße steil an und verlief eine Weile am Berghang. Rechts fiel das Gelände steil zum Meer ab. Der Blick öffnete sich auf eine malerische, unbesie-delte Bucht. Erst spät bemerkte er die weiße Limousine, die von hinten heranraste und ihn überholte. Statt jedoch davonzuziehen, stellte sie sich plötzlich quer auf die Straße.

Schelbert trat mit aller Kraft auf die Bremse. Der Golf geriet auf den Seitenstreifen, schlitterte und kam keine fünf Meter vor der Limousine zum Stehen. Erst jetzt bemerkte Schelbert einen zweiten Wagen, der kurz hinter ihm hielt. Aus dem vorderen Fahrzeug sprangen zwei mit Pistolen bewaffnete Männer. In halb geduckter Haltung blieben sie ste-hen und zielten auf ihn.

Geistesgegenwärtig duckte Schelbert sich in den Fußraum des Golf. Ihm fiel die Waffe ein, die er an der Tankstelle aufgehoben und im Handschuhfach deponiert hatte. Er klappte das Fach auf und griff nach der Pistole. Das schwarze Metall fühlte sich kalt an. Er hatte keine Ahnung, wie man ein solches Gerät bediente. Er drückte einen Hebel, von dem er hoffte, er würde die Waffe schussbereit machen. Dann zog er, wie er es aus Kriminalfilmen kannte, den Lauf nach hinten durch.

Regungslos verharrte er auf dem Boden. Plötzlich öffnete sich der Kofferraum. Zwei Männer beugten sich ins Innere und richteten ihre Waffen auf ihn. Sie blickten auf die Rolle und nickten sich kurz zu. Schelbert rührte sich nicht. Die Pistole hielt er unter seinem Körper verborgen. Dann überschlugen sich die Ereignisse. Ein grauenvolles Krachen von Metall auf Metall ließ Schelbert aufschrecken. Auch die Männer fuhren herum und sprangen hektisch zur Seite. Schelbert reagierte sofort. Er stieß die Beifahrertür auf, schlängelte sich nach draußen und blieb hinter der Tür hocken. Er hörte Schüsse und sah die beiden Männer am Kofferraum nacheinander zusammenbrechen. Dann registrierte er eine Bewegung und sah nach vorn. Einer der Männer lief über die Straße. Der andere zielte auf ihn und begann zu schießen. Die Kugeln schlugen in die Beifahrertür ein und zerschmetterten deren Fenster. Ein Splitterregen ging auf Schelbert nieder. Ohne zu überlegen, richtete er sich ein wenig auf, zielte und schoss zurück. Mit einem Aufschrei ging der Mann zu Boden und blieb reglos liegen. Schelbert hörte einen Ruf.

»Bleib unten und warte!«

Es war die Frau. Von seiner Position hinter der Beifahrertür konnte er nicht sehen, was geschah. Es blieb ihm nichts anderes übrig, als ihr zu vertrauen.

»Der Mann gegenüber, schieß auf ihn«, rief sie ihm zu.

Schelbert erhob sich und gab einige ungezielte Schüsse in Richtung Straßengraben ab. Dann lag gespenstige Ruhe über der Straße. Sie wirkte lauter als der Lärm des Feuergefechts, dachte Schelbert. Dann hörte er zwei Schüsse.

25

Nach anderthalbstündiger Fahrt von Zevenaar erreichte Marita Buschweiler-Krisch ihr Heim und steuerte den blassrosa Fiat 500, den Erwin ihr zum Vierzigsten geschenkt hatte, in die Garage. Kaum hatte sie einen Fuß aus dem Wagen gesetzt, lief ein stämmiger Mann auf sie zu. Sie sah, dass Erwin in der offenen Haustür stand.

»Guten Tag. Sind Sie Frau Buschweiler-Krisch?«

»Ja.«

»Ich würde gerne mit Ihnen sprechen.«

»Warum? Wer sind Sie?«

Der Mann zog einen Presseausweis aus der Tasche. Also doch, dachte Marita. Wut flammte in ihr auf. Darius hatte ihr die Presse auf den Hals gehetzt.

»Können wir uns nicht drinnen unterhalten?«, fragte der Journalist.

»Danke, ich habe kein Interesse.«

»Wieso nicht?«

»Bitte verlassen Sie mein Grundstück. Sofort.«

»Wollen Sie denn gar nicht wissen, worum es geht?«

Ohne ein weiteres Wort lief Marita, den übergewichtigen Journalisten auf den Fersen, zum Haus und trat in den Flur.

»Wollen Sie mir gar nichts zum Caravaggio erzählen?«

Der Journalist stellte einen Fuß in die Tür.

»Nehmen Sie Ihren Fuß weg und verschwinden Sie, aber plötzlich.«

Mit aller Kraft warf Marita das schwere Türblatt gen Schloss. Heftig prallte es gegen Fergal Tygstrups Schuh. Mit einem Schmerzenslaut zog der Journalist den Fuß zurück. Sofort drückte Marita die Tür ins Schloss. Sie schmiss ihre Jacke in Richtung Garderobe, lief ins Wohnzimmer und ließ sich aufs Sofa fallen. Im Augenwinkel sah sie, dass Erwin das auf dem Fußboden gelandete Kleidungsstück aufhob und an einen Haken hängte.

»Was ist los?«, fragte er.

»Dieser blöde Journalist.«

»Der war vorhin schon da und wollte dich sprechen.«

»Hast du ihm etwas gesagt?«

»Nein, was hätte ich ihm denn sagen sollen. Ich weiß ja nichts. Angeblich hast du einen Caravaggio entdeckt. Was soll der Blödsinn?«

»Hat er das behauptet?«

»Ja, woher sollte ich das sonst wissen?«

Marita atmete tief durch. Ihr Ärger verflog. Erwin konnte ja nichts dafür.

»Setz dich hin. Ich erzähle dir alles. Und gib mir etwas zu trinken, bitte. Du weißt schon, was.«

Marita konsumierte selten Alkohol. Aber jetzt war ihr einfach danach. Erwin reichte ihr ein Glas ihres bevorzugten Single-Malt-Whiskys. Zehn Minuten später hatte sie ihm alles berichtet.

»Hätte ich mal meinen Mund gehalten«, sagte Marita. »Jetzt ist es zu spät.«

»Kennst du diesen Journalisten?«

Erwin reichte ihr eine zerknitterte Visitenkarte.

»Die hat er mir gegeben«, sagte er.

»Den Namen habe ich schon oft gelesen. Den hatte ich mir ganz anders vorgestellt. Er ist bekannt und schreibt sehr gute Sachen. Darius kriegt noch was zu hören von mir. Jetzt will er doch an die Öffentlichkeit gehen, um Dr. Engelhardt unter Druck zu setzen.«

»Weiß dieser Tygstrup irgendetwas?«

»Keine Ahnung, was Darius ihm gesagt hat. Aber vielleicht haben wir ja Glück. Ich kann mir nicht vorstellen, dass der irgendetwas Unseriöses schreibt. Er wird nur veröffentlichen, wenn er etwas Handfestes hat. Sonst macht er sich ja nur lächerlich.«

»Wahrscheinlich wollte er hören, wie du das Bild gefunden hast. Das ist doch eine wunderbare Geschichte.«

»Für ihn, ja. Aber von mir erfährt der nichts. Ich habe schon genug ausgeplaudert.«

Eine Weile saßen sie schweigend nebeneinander. Erwin legte einen Arm um Marita.

»Meinst du nicht, du solltest Engelhardt über diesen Journalisten informieren? Der wird ihm bestimmt auch auf die Pelle rücken, wenn er es nicht schon getan hat.«

»Ja, du hast Recht. Das mache ich sofort.«

Marita war es unangenehm, Dr. Engelhardt schon wieder zu kontaktieren. Aber Erwin hatte Recht. Der Anwalt würde ihr für die Warnung dankbar sein.

26

Als die beiden weißen Limousinen an ihr vorbeirasten, war Camilla sofort klar, dass etwas nicht stimmte. Dann sah sie, wie das erste Fahrzeug die Straße vor dem Detektiv blockierte und das zweite ihn von hinten einkesselte. Bewaffnete Männer sprangen aus den Autos, zwei vorne und zwei hinten.

Camilla griff in ihre Jackentasche und entsicherte ihre Waffe. Sie hatte eine Idee. Sie gab Vollgas und raste auf die hintere Limousine zu. Im letzten Moment zog sie ein wenig nach links und bremste scharf. Sie traf das weiße Fahrzeug mit ihrer Breitseite. Es schlidderte einige Meter nach vorn. Die Männer am Golf drehten sich erschrocken um. Sie sprangen zur Seite, um dem auf sie zurutschenden Wagen auszuweichen und eröffneten das Feuer.

Doch Camilla war schon aus dem Audi gehechtet. Sie kauerte hinter dessen Flanke, die sie vor den Kugeln der Männer schützte. Sie zielte ruhig, schoss und traf den ersten Mann. Kurz darauf streckte sie auch den zweiten nieder. Beide rührten sich nicht mehr. Einer der Männer aus der vorderen Limousine rannte über die Straße und sprang in den Straßengraben. Der andere begann zu schießen, fiel aber plötzlich zu Boden.

Der Detektiv hat ihn angeschossen, dachte Camilla. Auch der dritte war erledigt. Nur noch einer blieb übrig. Er hockte im Graben, sodass Camilla ihn, auch wenn sie sich erheben würde, nicht sehen könnte. Sie musste zum Angriff übergehen, brauchte dafür aber Feuerschutz. Sie rief dem Detektiv zu, er solle auf den Mann schießen und machte sich bereit. Während der Schüsse schnellte sie hoch, rannte über die Straße und bekam den Mann ins Sichtfeld. Sie duckte sich etwas und drückte zweimal ab. Dann lag auch dieser Mann reglos da. Camilla atmete auf, froh über ihre Zielgenauigkeit, die ihr schon mehrfach aus der Patsche geholfen hatte.

Schnell verschaffte sie sich einen Überblick über die Situation. Die rechte Seite ihres Audi war über die ganze Länge verkratzt, übel eingedellt und einer der Reifen platt.

»Alles okay?«, rief sie. »Ist dein Wagen in Ordnung?«

»Ja.«

»Dann fahr mir nach.«

Camilla sprang in den Audi. Sie steuerte an der weißen Limousine vorbei. Die Felge des rechten Vorderreifens kratzte scheppernd über den Asphalt. Einige Meter weiter bog Camilla in einen Feldweg ein. Sie sprang aus dem Wagen, noch bevor der Detektiv den Golf neben ihr Fahrzeug gestellt hatte. Sie bückte sich und begann, die Nummernschilder abzuschrauben.

»Wieso montieren Sie die Nummernschilder ab?«, fragte der Detektiv.

»Wir müssen den Audi loswerden. So beschädigt wie der ist, kann ich mit dem nicht weiterfahren.«

Zeit für weitere Erklärungen war jetzt nicht. Sie musste handeln. Rechts neben der Straße fiel das Gelände steil ab. Das vereinfachte die Sache.

»Hilf mir mal«, forderte sie den Detektiv auf.

Camilla schätzte es, dass er den Mund hielt und ohne Widerspruch anpackte. Zusammen schoben sie den Audi quer über die Straße bis an den Rand des Abhangs und kippten ihn über die Kante. Fünfzehn Meter tiefer schlug er mit metallenem Krachen auf einen Felsen auf. Rasch stieg Camilla zu dem Detektiv in den Golf. Er startete, bevor sie die Tür richtig geschlossen hatte. Schnell entfernten sie sich vom Schauplatz des Geschehens.

Das war knapp, dachte Camilla, aber die Situation war gerettet. Doch aufatmen konnte sie nicht. Das war nicht Mertens gewesen. Das war eindeutig ein Killerkommando. Wer hatte die geschickt? Sie wollten die Leinwand und kannten keine Rücksicht. Ohne zu zögern, hätten sie sie vorhin erschossen und den Detektiv dazu. Doch bevor sie sich mit solchen Fragen beschäftigen konnte, war noch einiges zu tun.

»Mit dem Wagen können wir nicht weiterfahren«, sagte sie. »Sie kennen den Golf. Wir müssen ihn so schnell wie möglich loswerden.«

»Wer kennt den Golf?«

»Wie haben die uns wohl gefunden? Bestimmt nicht wegen deines hübschen Gesichts.«

»Und wer sind ›die‹?«

Camilla schwieg. Was sollte sie ihm antworten? Sie wusste es selbst nicht. Sie ahnte es allenfalls. Diese Leute arbeiteten zielorientiert und waren gut organisiert.

Jetzt kam es darauf an, schnellstmöglich den Golf loszuwerden. Sie gelangten zur nächsten Ansiedlung und hatten Glück. Es gab eine Autovermietung. Camilla wies Schelbert an, den Golf ein Stück entfernt davon zu parken und zu warten.

Für solche Fälle besaß sie eine zweite Identität, von der Karlheinz nichts wusste oder es allenfalls ahnte. Jetzt rettete diese ihnen wahrscheinlich das Leben. Mit falschem Pass und falscher Kreditkarte mietete Camilla einen dunkelblauen Opel Astra. Damit verwischte sie ihre Spur und auch die des Detektivs.

Sie parkte den Opel hinter dem Golf. Der Detektiv verstaute die Rolle mit dem Bild im neu gemieteten Fahrzeug. Schelbert setzte sich ans Steuer. Kurz darauf fuhren sie auf der malerischen Landstraße weiter. Sie näherten sich bereits der kroatisch-montenegrinischen Grenze.

»Du kannst jetzt deine Autovermietung anrufen und sagen, wo die Kiste steht«, sagte Camilla.

»Können Sie mir jetzt endlich sagen, was das alles gerade war?«

»Camilla. Ich heiße Camilla.«

»Rafael Schelbert. War das der Typ von dem Kunsthändler? Ich dachte, der ist außer Gefecht?«

»Woher weißt du das?«

»Mein Kollege hat mit Engelhardt gesprochen. Ihr Chef hat uns ja ganz schön auflaufen lassen. Von dem Kunsthändler wussten wir kaum etwas, und auch nichts von Ihnen.«

»Was hat er über mich gesagt?«

»Nichts, außer, dass Sie den Aufpasser für mich spielen.«

»Na ja, so in etwa. Du hast ein gutes Schusstraining hinter dir.«

»Welches Training? Ich hatte heute zum ersten Mal eine Pistole in der Hand.«

»Was?«

»Ich hasse Waffen. Ich will die Dinger eigentlich gar nicht anfassen.«

»Dann bist du ein Naturtalent. Ein Schuss, ein Treffer, das muss man erst mal bringen.«

»Spaß gemacht hat das jedenfalls nicht.«

»Das macht es nie. Aber es hat funktioniert. Ohne die Waffe wärst du jetzt wahrscheinlich tot.«

»Das glaube ich nicht.«

Ganz schön trotzig, dachte Camilla, aber ohne Waffe wird er bei solchen Aufträgen nicht weit kommen. Sie sah den Detektiv in die Tasche greifen und die Pistole herausziehen.

»Das ist das Ding von diesem Kunsthändler-Typen«, sagte er. »Haben Sie nicht gesehen, dass ich sie mitgenommen habe?«

»Ja, sicher.«

Camilla nahm dem Detektiv die Pistole aus der Hand. Darum müsste sie sich später kümmern. In der Ferne leuchteten blaue Blinklichter. Polizeisirenen drangen an ihre Ohren. Camilla erschrak, beruhigte sich aber schnell. Mit dem neuen Wagen waren sie völlig unauffällig. Keiner würde auf sie aufmerksam werden. Zwei Polizeifahrzeuge kamen ihnen entgegen und rasten an ihnen vorbei.

»Nur gut, dass wir so schnell weggekommen sind«, sagte Camilla.

Sie musste Engelhardt anrufen. Sie war froh, dass sie gute Nachrichten überbringen konnte, jedenfalls was das Gemälde betraf. Aber vor allem hatte sie dringende Fragen. Sie fiel gleich mit der Tür ins Haus.

»Hast du irgendwelche Kontakte zu Albanern?«

»Was soll die Frage? Wie kommst du darauf? Nein.«

»Dein Detektiv ist überfallen worden. Das sah, ich sage mal, sehr professionell aus.«

»Was? Wie geht es ihm?«

»Es ist alles in Ordnung. Wir konnten abhauen. Und bevor du fragst: Das Bild ist unbeschädigt und wir haben es noch. Wir sind jetzt wieder auf dem Weg.«

»Was ist denn passiert?«

Camilla hatte keine Lust, jetzt die ganze Geschichte zu erzählen.

»Später. Du weißt wirklich nichts von Albanern?«

»Wieso fragst du nach Albanern?«

»Vergiss es. Jedenfalls haben die ganz gezielt nach dem Bild gesucht.«

»Das kann nur von Zakhani kommen. Anscheinend schreckt der vor nichts zurück. Aber der ist Iraner und nicht Albaner.«

»Vielleicht wäre es gut, wenn du dich darum kümmerst. Du kennst ihn doch. Frag ihn doch, was er angestellt hat.«

Camilla legte auf. Sie sah zu dem Detektiv hinüber.

»Gib mir dein Handy«, sagte sie.

»Warum?«

»Gib es mir einfach.«

Zögernd reichte Schelbert ihr sein Smartphone. Camilla entfernte die SIM-Karte, auch bei ihrem Gerät, warf die Telefone in den Fußraum, zertrat sie und beförderte dann alles aus dem Fenster. Im Augenwinkel sah sie, dass der Detektiv protestieren wollte, dann aber innehielt und schwieg. Manchmal stellt er sich ja ungeschickt an, dachte Camilla, aber man konnte nicht sagen, er sei schwer von Begriff. Er hatte verstanden, was sie tat.

Rafael hieß er also. Aus der Nähe sah er noch viel anziehender aus. Camilla gefiel die Wachheit in seinen Augen. Sie betrachtete seine schmalen, kraftvollen Hände mit den langen Fingern. Sie stellte sich vor, wie diese Finger über ihre Haut strichen. Aber immer noch war keine Zeit für solche Gedanken. Erst musste der Job erledigt werden.

Der Detektiv fuhr schweigend und blickte unentwegt nach vorn. Camilla war das recht. Ihretwegen könnten sie ohne ein weiteres Wort bis Ulcinj fahren.

27

Jetzt, wo die unmittelbare Anspannung abflaute, liefen die Ereignisse vor Rafael Schelberts innerem Auge noch einmal ab. Ob er richtig gehandelt hatte, wusste er nicht. Er hatte spontan reagiert und keine Sekunde nachgedacht. Alles war vollkommen automatisch geschehen, als sei er ein erfahrener Kämpfer und hätte in seinem Leben nie etwas anderes gemacht. Er hätte es niemals für möglich gehalten, ohne zu zögern auf einen Menschen zu schießen. Aber er hatte es einfach getan. Moralisch hatte er sich nichts vorzuwerfen. Er hatte sich lediglich verteidigt und läge andernfalls tot oder schwer verletzt auf der Straße.

Dreimal auf dieser Fahrt war das schon so gewesen. Jedes Mal war er in Bedrängnis geraten, und jedes Mal hatte er sich verhalten, als geschähe ihm das jeden Tag. Diese Seite seines Wesens hatte er erst durch seine Detektivtätigkeit kennengelernt. Er wusste mittlerweile, dass er in Stresssituationen nicht in Panik geriet. Würde er jetzt noch Selbstverteidigung trainieren oder eine Technik, wie diese Frau sie beherrschte, hätte er etwas an der Hand, um auch aktiv handeln zu können.

Schelbert fragte sich, ob er nicht Schuld empfinden müsse. Immerhin hatte er heute zum ersten Mal einem anderen Menschen ernsthaften Schaden zugefügt. Momentan war er hauptsächlich froh, unbeschadet aus der brenzligen Lage herausgekommen zu sein.

Ganz wohl war ihm nicht bei dem Gedanken, dass sich die Pistole so geschmeidig in seiner Hand angefühlt hatte, obwohl er doch Waffen eigentlich verabscheute. Er wusste jetzt, dass es unbedacht gewesen war, Maurice kategorisch widersprochen zu haben. Natürlich würde er eine Schusswaffe brauchen und sich gleich, wenn er zurück war, eine anschaffen, legal natürlich. Es war nicht das erste Mal, dass er bei einem Auftrag in Lebensgefahr geraten war.

Er konzentrierte sich auf die Straße. Die Frau saß schweigend neben ihm. Er war ihr dankbar, dass sie ihm geholfen hatte. Andernfalls wäre das Bild weg, und er hätte seinen Auftrag vermasselt. Aber was in ihr vorging, war Schelbert völlig rätselhaft. Sie tat offenbar, was erforderlich war, sprach nur das Nötigste und manchmal noch nicht einmal das. In ihrem Fall war ihm das recht. Er hatte nicht die mindeste Lust, sich mit ihr zu beschäftigen. Je weniger er mit ihr zu tun hatte, desto lieber war es ihm. Sie passierten die kroatisch-montenegrinische Grenze.

»Ich brauche ein Telefon«, sagte Schelbert.

»Warum? Wir sind doch bald am Ziel.«

»Ich brauche ein Telefon.«

Er wollte sich ihr gegenüber nicht rechtfertigen. Er wollte jetzt ein Telefon, basta. Natürlich war es richtig gewesen, die Smartphones zu zerstören. Schelbert wusste, dass man ein solches Gerät ohne weiteres orten konnte. Er hätte selbst daran denken müssen. Jetzt aber wollte er Maurice sprechen. Er musste ihn über das Geschehene informieren und musste auf dem Laufenden sein, falls Maurice etwas herausgefunden hatte. Sie hielten kurz im montenegrinischen Ort Herceg Novi und kauften ein billiges Handy.

Maurice war von Schelberts Bericht derart schockiert, dass diesmal sogar die Vorwürfe ausblieben.

»Wie konnte es denn dazu kommen? Wer hat dich überfallen? Bist du verletzt?«

»Nein, nein, es ist alles in Ordnung. Aber wir müssen ein paar Dinge regeln. Kannst du dich um den Mietwagen aus Würzburg kümmern? Der steht jetzt hier am Straßenrand.«

»Ja, sicher, mache ich. Den geschrotteten übrigens habe ich schon gemeldet. Die haben ein Riesentheater veranstaltet. Die wollten dich anzeigen, weil du abgehauen bist. Die brauchen ein Polizeiprotokoll. Da werden wir nie wieder einen Wagen bekommen.«

»Dann müssen wir eben damit leben.«

»Und du musst dich noch mit der Polizei auseinandersetzen. Ich habe denen gesagt, dass du im Ausland bist, aber schon auf dem Rückweg. Bis morgen haben sie uns Zeit gegeben, uns zu melden.«

»Na das passt doch. Wenn ich Glück habe, bin ich heute Nacht schon zurück. Wenn nicht, fliege ich morgen Vormittag.«

»Dann sieh zu, dass du das Bild endlich loswirst und nicht noch mal in so etwas hineingerätst. Wo bist du denn?«

»Schon in Montenegro. Ich denke, in etwa vier Stunden ist alles erledigt.«

»Und was ist mit Engelhardts Mitarbeiterin?«

»Die sitzt jetzt neben mir.«

»Ich bin nicht ganz sicher, ob mir das gefällt.«

Rafael Schelbert konnte sich ein Grinsen nicht verkneifen.

»Du bist wohl eifersüchtig?«

»Blödsinn! Du weißt, wie ich das meine. Hast du noch etwas herausgefunden?«

»Nein, gar nichts. Ich habe versucht, etwas über diesen Kunsthändler zu erfahren. Aber da gibt es nichts, gar nichts. Das ist mir noch nie passiert.«

»Und deine Hacker-Künste, haben die dir nicht geholfen?«

»Was meinst du wohl, was ich hier mache?«

Schelbert wusste, dass Maurice es nicht mochte, ›Hacker‹ genannt zu werden. Andererseits brüstete er sich ständig mit seiner Fähigkeit, in so gut wie jedes Netzwerk eindringen zu können.

»Hinter jeder Tür, die ich öffne, sehe ich nur gähnende Leere«, sagte Maurice. »Ich habe mich auf illegalen Kunsthandel konzentriert. Entweder hat Zakhani tatsächlich nichts damit zu tun, oder er versteht es, keine Spuren zu hinterlassen. Wahrscheinlich wickelt er alles außerhalb des Internets ab. Das Einzige, was ich jetzt definitiv weiß, ist, dass Kunst der drittgrößte Markt des organisierten Verbrechens ist.«

»Dann ist die Sache vielleicht doch gravierender, als wir dachten.«

»Davon kannst du ausgehen. Dass das diese Dimensionen hat, hätte ich auch nicht vermutet. Und du siehst ja, was passiert ist.«

»Engelhardts Mitarbeiterin hat von Albanern gesprochen.«

Schelbert bemerkte, dass die Frau kurz zu ihm herüber sah und ansetzte, etwas zu sagen. Doch dann sah sie wieder nach vorn und schwieg.

»Albaner?«, fragte Maurice.

»Ja.«

»Dann hast du es mit der Mafia zu tun?«

»Jetzt, wo du es sagst, vielleicht.«

»Was sagt die Frau dazu?«

»Nichts. Die lässt genauso wenig raus wie Engelhardt.«

»Ich weiß doch auch nicht mehr«, warf Camilla ein, »und Karlheinz auch nicht.«

Schelbert blickte sie erstaunt an. Er überhörte, was Maurice zu ihm sagte.

»Bitte?«

»Ich sagte, ich werde keine ruhige Minute haben, bis du wieder hier bist. Melde dich bitte regelmäßig.«

Schelbert versprach, das zu tun und beendete das Gespräch. Er entfernte den Akku aus dem Handy. Schon zuvor war ihm aufgefallen, dass die Frau den rechten Außenspiegel verstellt hatte und ständig das Geschehen hinter ihnen beobachtete.

»Was ist los?«, fragte Schelbert. »Werden wir verfolgt?«

»Nein.«

»Sie wissen doch etwas. Was war das denn nun für eine Truppe?«

»Genaues weiß ich nicht, nur, dass das ein organisierter Angriff war.«

»Sie haben von Albanern gesprochen.«

»Ja, möglich.«

»Was heißt das jetzt für uns?«

»Das heißt, dass wir schnellstmöglich ans Ziel kommen müssen.«

»Na das ist ja mal was Neues.«

Dann eben nicht, dachte Schelbert. Er hatte keine Lust, keine vernünftigen Antworten zu bekommen. Wenn sie nicht reden will, dann eben nicht. Schelbert sah, dass sie noch Mertens' Waffe in der Hand hielt. Er hörte klickende Geräusche.

»Ein paar Schuss sind noch drin«, sagte sie. »Hier, steck sie wieder ein. Vielleicht brauchst du sie noch.«

Schelbert gefiel nicht, dass diese Frau ihn einfach duzte. Aber das würde er nicht mitmachen, auf keinen Fall. Sie kannten sich nicht, und befreundet waren sie schon gar nicht. Bei diesem Auftrag standen sie auf derselben Seite, mehr aber nicht. Er würde sie weiterhin siezen, komme da, was wolle.

»Meinen Sie, wir werden nochmal angegriffen?«, fragte er.

»Ich glaube nicht, aber wer weiß? Sicher ist sicher.«

Zögerlich nahm Schelbert die Pistole wieder an sich. Er steckte sie in die Innentasche seiner Jeansjacke. Erneut kam ihm in den Sinn, dass er damit geschossen hatte, als wäre das eine völlig alltägliche Angelegenheit. Doch jetzt war ihm das Gewicht der Waffe in seiner Jacke unangenehm. Am liebsten würde er sie aus dem Fenster werfen.

Das nächste Straßenschild kündigte Kamenari an. Rafael Schelbert steuerte auf die Hafenanlage dieses unscheinbaren Orts zu, wo eine Fähre die Meerenge vor der Bucht von Kotor überquerte. Das Boot benötigte nur fünf Minuten und ersparte ihnen eine lange, kurvenreiche Fahrt um die Bucht. Sie reihten sich in die Schlange der wartenden Fahrzeuge ein.

28

»Mit wem haben wir es hier eigentlich zu tun?«

Grußlos bellte Lekë Bekthasi die Frage ins Telefon. Fergal Tygstrup erschrak. So verärgert hatte er den Albaner noch nie erlebt.

»Was meinen Sie?«

»Sie haben es so dargestellt, als sei es ganz einfach, an das Bild heranzukommen.«

»Ich habe Ihnen alles gesagt, was ich weiß. Was ist geschehen?«

»Der Transporteur ist ein Profi. Ich habe vier meiner Leute verloren, alle tot. Und jetzt ist er spurlos verschwunden und das Bild auch. Sie müssen herausfinden, wer das ist, und zwar sofort.«

Eigentlich ließ sich Fergal Tygstrup nicht leicht einschüchtern. Aber Bekthasi gelang es immer wieder, ihm eine subtile Angst einzuflößen. Tygstrup ärgerte sich darüber, konnte aber nichts dagegen tun. So wie heute hatte ihn der Albaner noch nie behandelt. Bisher hatte Tygstrup sich als Partner gefühlt. Heute sprach Bekthasi zu ihm, als sei er ein Untergebener, der widerspruchslos zu gehorchen hat.

»Das wird schwierig werden«, antwortete Tygstrup. »Niemand spricht mit mir über diese Sache.«

»Das ist mir gleich. Das ist Ihr Problem. Ich erwarte Ihren Anruf.«

Bekthasi unterbrach die Verbindung. Tygstrup wusste, dass er liefern musste. Er kannte Bekthasis Skrupellosigkeit. Wenn er versagte, würde er das zu spüren bekommen. Er wollte lieber nicht darüber nachdenken, was ihm dann blühte.

Nach kurzer Überlegung entschied er sich, die Spur des Fahrzeugs aufzunehmen. Er wusste, dass es ein Mietwagen war, und er kannte den Fahrzeugtyp und die Farbe. Hier könnte er ansetzen. Er fuhr zur Autovermietung, die dem Bungalow des Anwalts am nächsten war und landete sofort einen Treffer.

Tygstrup begrüßte die Frau an der Theke mit einem gezielt platzierten Lächeln. Durch jahrelanges Training war er in der Lage, seine Mimik mit schauspielerischer Sicherheit zu kontrollieren. Bei jedem Interview profitierte er davon. Dazu kam seine natürliche Wirkung auf Frauen. Er wusste, dass die Dame sich allein dadurch, dass er sich ihr zuwandte, geschmeichelt fühlte. Tygstrup gab gleich zu, dass er nicht da sei, um ein Auto zu mieten.

»Sehen Sie, mein Chef macht mir die Hölle heiß«, sagte er. »Ich muss das einfach wissen.«

»Worum geht es denn?«

Tygstrup las das Namensschild auf der Bluse der Frau.

»Wir sind da einer Sache hinterher, Frau Ortmann, oder darf ich Rebecca sagen? Wir vermuten, dass hier bei Ihnen ein Fahrzeug ausgeliehen wurde, ein weißer Golf.«

»Sind Sie von der Polizei?«

Tygstrup lächelte konspirativ.

»Wir müssen ganz dringend wissen, wer diesen Wagen ausgeliehen hat, verstehen Sie?«

»Das darf ich Ihnen nicht sagen.«

»Selbstverständlich, ich weiß, aber es ist wirklich dringend und eilt. Sonst würde ich nicht fragen.«

Rebecca Ortmann zögerte einen Moment und tippte dann eine Weile auf ihrer Tastatur herum.

»Ein weißer Golf, sagen Sie? Und wann?«

Das ging schneller, als Tygstrup gehofft hatte.

»Gestern, gegen Mittag.«

Rebecca tippte weiter und drehte dann den Bildschirm etwas zu Tygstrup hin. Verschwörerisch zwinkerte sie ihm zu.

»Einen Moment bitte. Ich muss einen Ordner aus dem Nebenzimmer holen. Ich bin gleich zurück.«

Kaum war sie verschwunden, beugte Tygstrup sich über die Theke. Er notierte schnell die Daten. Er hätte sich gar nicht beeilen müssen, denn Rebecca Ortmann ließ sich Zeit. Erst einige Minuten später kehrte sie zu ihrem Stuhl zurück, drehte den Bildschirm wieder zu sich hin und lächelte.

»Wie gesagt, es tut mir leid, aber ich kann Ihnen da nicht weiterhelfen.«

»Aber das verstehe ich doch, Rebecca. Dennoch vielen Dank und auf Wiedersehen.«

Kaum saß Fergal Tygstrup im Auto, zückte er sein Smartphone.

»Der Anwalt hat eine Detektei beauftragt. Sie können es mit einer Handyortung versuchen.«

Er gab dem Albaner die Namen der beiden Detektive und ihre Telefonnummern.

»Gut. Ich hoffe für Sie, dass wir jetzt erfolgreich sind.«

Angesichts Lekë Bekthasis kaum versteckter Drohung zuckte Fergal Tygstrup zusammen. Er verstand nicht, warum Bekthasi sich derart harsch verhielt. Bereits einige Male waren lukrative Geschäfte aus den unterschiedlichsten Gründen nicht zustande gekommen, ohne dass es Probleme gegeben hatte. Fergal Tygstrup kam es vor, als habe der Albaner sich aus irgendeinem Grund in diese Sache verbissen.

Sicher, es ging um so viel Geld wie noch nie zuvor. Vielleicht hatte es auch etwas mit der Organisation zu tun. Vielleicht stand der Albaner unter Druck. Vielleicht war es auch besser, dachte Tygstrup, wenn er das gar nicht wüsste. Je länger er grübelte, desto stärker wurde sein Gefühl, dass diese Sache nicht gut ausgehen würde. Ihn erfasste eine Nervosität, wie er sie schon lange nicht mehr empfunden hatte.

Zurück zuhause ließ er seinen massigen Körper auf das durchgesessene Ledersofa fallen und schaltete das Fernsehgerät ein. Nur gut,

dass er den zähen und unangenehmen Debatten mit der Eigentümer-
gemeinschaft nicht aus dem Weg gegangen war. Die hatten ihm tatsächlich verbieten wollen, eine Satellitenschüssel auf dem Balkon zu
montieren, ihm als Journalisten, der Zugang zu allen möglichen Informationen brauchte. Schließlich war den Idioten nichts anderes übrig-
geblieben, als zähneknirschend nachzugeben.

Im Wust der internationalen Fernsehkanäle fand Tygstrup auch kroatische. Die Sprache beherrschte er nicht. Er konnte sich nur auf die
Bilder verlassen. In der Nähe von Dubrovnik war etwas geschehen. So
wie die Bilder wackelten, trug der Reporter die Kamera auf der Schulter. Er schlängelte sich durchs Geschehen. Tygstrup sah ein paar Männer in ihrem Blut liegen. Dann kam ein Fahrzeug ins Bild, das einen stei-
len Abhang herabgestürzt war. Bekthasi hatte von Toten gesprochen.
Tygstrup hatte schlimmste Befürchtungen.

Wanne-Eickel 1946

*Agent Leroy Anderson sprach Deutsch, als habe er jahrelang hier im
Land gelebt. Später erfuhr Friedrich Engelhardt, dass der Amerikaner
auch Französisch, Portugiesisch, Italienisch und vier skandinavische Sprachen fließend beherrschte. Er beneidete ihn darum. Ihm selbst gelang es
nicht einmal, sich in nur einer Fremdsprache einigermaßen frei auszudrü-
cken.*

*Ihr Zusammentreffen war eine eigentümliche Laune des Schicksals
gewesen, dachte Engelhardt. Plötzlich hatte es an der Tür geklingelt. Ein
nicht allzu großer, schlanker Mann stand davor.*

»Sie sind Rechtsanwalt?«, hatte er gefragt.

*Der Mann trug Zivil, war jedoch ganz offensichtlich ein Angehöriger
der Besatzungsmächte. Später erzählte Anderson, dass er beim Counter
Intelligence Corps, dem militärischen Abwehrdienst der USA, arbeitete.*

*Der offene Blick des Mannes gefiel Engelhardt. Er bat ihn ins Haus und
erfuhr, dass Anderson im Kriegsgefangenenlager Rheinberg stationiert*

war. Jetzt fuhr er durchs Ruhrgebiet, um die Zerstörungen zu besichtigen und Eindrücke aus der Industrieregion zu sammeln.

Dann sprachen sie über Musik, denn Anderson war eigentlich Komponist. Engelhardts altes Klavier, das lange nicht mehr gestimmt worden war, klang fürchterlich, fand der Anwalt. Doch dem Amerikaner gelang es, ihm ein paar leichte, unterhaltsame Melodien zu entlocken. Engelhardts Gemüt hellte sich auf. Den Anwalt durchströmte ein warmes Gefühl, wie er es in den langen Kriegsjahren nur selten empfunden hatte.

Nach einer Weile beendete Anderson sein Spiel und wandte sich um. Jetzt rückt er mit der Sprache heraus, dachte Engelhardt und hatte immer noch nicht die mindeste Ahnung, was der CIC-Agent von ihm wollte.

»Kennen Sie sich mit Kunst aus?«, fragte Anderson.

»Das ist nicht mein Fachgebiet. Worum geht es denn?«

»Wenn ich Kunstwerke hätte und sie verkaufen wollte. Wäre das möglich?«

»Möglich ist vieles.«

»Wenn die Kunstwerke aus deutschen Beständen kommen, gehören die dann jetzt uns? Wir haben ja den Krieg gewonnen?«

»Das weiß ich nicht. Ich glaube, diese Frage interessiert momentan niemanden. Die Menschen haben ganz andere Probleme.«

»Ja, das ist mir schon klar, aber Sie als Anwalt kennen sich doch mit der Rechtslage aus.«

»Nun ja, das lässt sich schwer beantworten. Deutschlands rechtlicher Status ist unklar, und was hier einmal werden wird, weiß niemand. Momentan gilt immer noch die Gesetzgebung des Deutschen Reichs. Das heißt aber nicht viel, denn ihr habt ja jetzt das Sagen hier. Damit fängt es an. Welchem Staat die Kunstwerke gehören, ist Auslegungssache, zum Teil jedenfalls. Dazu kommen die allgemeinen Fragen, inwieweit Kunst individueller oder nationaler Besitz sein kann, wer sie überhaupt beanspruchen darf und unter welchen Bedingungen irgendetwas einer Einzelperson zusteht. Das ist alles sehr kompliziert.«

Engelhardt schwieg eine Weile. Eigentlich ein interessantes rechtliches Problem, dachte er. Lange hatte er damit geliebäugelt, sich mit solchen Dingen zu beschäftigen und regelmäßig zu publizieren. Zur Zeit war nicht daran zu denken, aber vielleicht in ein paar Jahren, sinnierte der Anwalt. Er war sich sicher, dass ihm die Zukunft offenstand, ganz gleich, was aus dem Deutschen Reich werden würde. Es konnte nur aufwärts gehen. Die Besatzungsmächte würden das Land neu strukturieren, wie, das war ihm herzlich egal. Als Anwalt hätte er auf jeden Fall genug zu tun.

»Ich habe da ein Bild, das ich gerne loswerden möchte«, sagte Anderson.

»Was ist es denn? Sie können ruhig offen mit mir reden. Wenn Sie mich als Anwalt konsultieren, bin ich an die Schweigepflicht gebunden.«

»Das ist beruhigend. Mir ist ein altes Ölbild in die Hände gefallen. Angeblich kommt es aus dem Bestand der Berliner Museen. Ich kann damit nichts anfangen. Jetzt suche ich jemanden, der es mir abkauft.«

»Was ist es denn?«

»Ich habe keine Ahnung. Ich kenne mich überhaupt nicht aus. Ich wusste nicht, wen ich fragen sollte. Und dann habe ich zufällig Ihr Anwaltsschild an der Tür gesehen.«

Es wäre eine Gelegenheit, dachte Engelhardt. Einen gewissen Wert musste Andersons Fang auf jeden Fall haben.

»Ich frage mal nicht, woher sie das Bild haben. Das geht mich auch nichts an. Was halten Sie davon, wenn Sie es vorbeibringen, und ich sehe es mir an? Ich wäre vielleicht selbst interessiert.«

Anderson blickte Engelhardt überrascht an. Er war sichtlich erfreut, so schnell einen Interessenten gefunden zu haben.

»Ja, gerne. Aber bitte, nehmen Sie mir die Frage nicht übel: Können Sie auch zahlen? Mit entsprechender Währung? Sie verstehen, was ich meine?«

Engelhardt verstand. Anderson wollte Sachwerte oder Dollar. Der Anwalt beglückwünschte sich, dass er einen Teil seines Vermögens in Gold angelegt hatte. Jetzt zahlte sich das Risiko aus, das er eingegangen war, indem er das Edelmetall trotz des Verbotes von Goldbesitz gehortet hatte. Im Falle einer Entdeckung hätte er die Todesstrafe riskiert. Aber seine Vorräte waren gut versteckt und würden es auch noch bleiben. Goldbesitz war immer noch verboten. Das wird sich bald ändern, dachte Engelhardt.

»Das ist kein Problem. Was haben Sie sich denn vorgestellt?«

Andersons Forderung würde Engelhardts Bestand kaum merklich reduzieren. Die Gelegenheit war einmalig. Engelhardt wusste, dass man am besten in Krisenzeiten investierte. Als Anlageobjekt versprach Kunst eine erhebliche Wertsteigerung.

Am folgenden Tag zog leichter Nebel auf. Er hüllte die Trümmer der zerbombten Gebäude, die der Anwalt von seiner ebenfalls schwer beschädigten und kaum noch bewohnbaren Villa aus sehen konnte, ein und ließ sie in einem bizarren Licht erscheinen. Das könnte die Kulisse eines Gruselfilms sein, dachte Engelhardt, der vor die Tür getreten war, um Anderson zu begrüßen.

Der Agent zog eine lange Rolle aus seinem Jeep und trat ins Innere des Hauses. Zu beider Zufriedenheit wickelten sie das Geschäft ab und verabschiedeten sich freundschaftlich.

Engelhardt studierte die Leinwand. Der Hintergrund des Bildes war dunkel, aber die Farben der Gewänder, die die beiden Personen trugen, leuchteten auf eine Weise, die Engelhardts Blick fesselten. Er kannte sich mit Kunst nur wenig aus. Doch er spürte, dass er etwas Besonderes in den Händen hielt. Lange stöberte er in den wenigen Kunstbildbänden, die er besaß. Die Sache ließ ihm keine Ruhe. Dann schließlich entdeckte er es. Es stammte aus der Berliner Gemäldegalerie.

Die Umstände sprachen für die Echtheit der Leinwand. Jeder wusste, dass Russen und Amerikaner die von den Nationalsozialisten versteckten Bestände plünderten und abtransportierten und sich viele, wenn sie die Möglichkeit dazu hatten, daran bedienten. Anderson hat sich das Bild einfach unter den Nagel gerissen, vermutete Engelhardt. Ihm konnte das nur recht sein. Jetzt hängt es bei mir, dachte der Anwalt mit einer Befriedigung, wie er sie nur selten in seinem Leben empfunden hatte.

Leroy Anderson hatte er nie wiedergesehen. Doch hin und wieder, wenn er eine der bekannten, eingängigen Melodien des Komponisten hörte, dachte er an dieses Geschäft zurück.

29

Als das Ortseingangsschild von Ulcinj in Sicht kam, fiel ein wenig Anspannung von Camilla ab. Aber sie wusste, dass sie weiterhin aufmerksam bleiben musste. Sie unterschätzte ihre Gegner nicht. Ihre Verfolger würden mit Sicherheit nicht aufgeben. Noch war das Bild nicht im Keller. Sie gebot dem Detektiv, in eine kleine Seitenstraße einzubiegen und anzuhalten.

»Müssen wir nicht in die Wohnung und das möglichst schnell?«, fragte er.

»Das können wir uns sparen.«

»Ich denke nicht. Ich habe den Auftrag, das Bild dort abzustellen. Und das werde ich auch tun.«

Camilla seufzte, aber sie musste eingestehen, dass ihr die entschlossene Haltung des Detektivs gefiel. Er wollte seinen Auftrag buchstabengetreu ausführen. Eigentlich süß, dachte sie.

»Das ist nicht mehr nötig. Ich übernehme von jetzt an«, sagte Camilla.

»Kommt nicht in Frage.«

Camilla wollte widersprechen, hielt aber inne. Aus seiner Sicht hatte er ja recht. Er kannte sie nicht, er wusste wenig über sie, und er hatte konkrete Anweisungen erhalten.

»Dann ruf bei Dr. Engelhardt an«, sagte sie.

Der Detektiv blickte sie kurz an, aktivierte sein Handy und tätigte den Anruf. Camilla beobachtete, wie er eine Weile aufmerksam lauschte. Aus seinem Blick sprach weiterhin Skepsis.

»Und Sie sind sicher?«, fragte er. »Gut, wenn Sie meinen.«

Der Detektiv legte auf. Er schien nicht überzeugt zu sein und ihr immer noch zu misstrauen.

»Und, zufrieden?«, fragte Camilla.

»Ehrlich gesagt, nein, aber Dr. Engelhardt möchte tatsächlich, dass Sie von jetzt an übernehmen.«

»Habe ich dir doch gesagt. Du hast deine Sache gut gemacht. Für dich ist jetzt alles erledigt.«

Jetzt würden sie sich trennen müssen. Im Innersten versetzte Camilla das einen Stich. Aber sie verdrängte das. Sie durfte sich immer noch keine Gefühlsduselei erlauben, jedenfalls nicht, solange das Bild nicht in Sicherheit war.

»Du hast noch die Pistole«, sagte sie. »Denk daran, sie zu entsorgen, bevor du das Land verlässt.«

»Ich bin ja nicht blöd.«

»Und mach es richtig.«

»Was meinen Sie mit richtig?«

»Du kannst sie nicht einfach in einen Mülleimer werfen. Am besten schmeißt du sie irgendwo ins Wasser. Pass auf, dass dich dabei keiner sieht. Und wisch vorher die Fingerabdrücke ab.«

»Ist gut.«

Der Detektiv stieg aus. Camilla schwang sich auf den Fahrersitz. Sie wollte schon die Tür schließen, als er sich zu ihr hinunterbeugte.

»Danke für Ihre Hilfe übrigens.«

Er schenkte ihr ein Lächeln, hob die Hand zum Gruß und schritt Richtung Innenstadt. Camilla konnte ihrem Verlangen, ihm eine Weile nachzublicken, nicht widerstehen. Dann startete sie das Fahrzeug und wendete. Sie hatte noch ziemlich genau acht Kilometer vor sich.

30

Rafael Schelbert war froh, trotz Spätsaison sofort ein Hotelzimmer gefunden zu haben. Am Hotelcomputer suchte er nach einem Rückflug. Heute ging nichts mehr. Er buchte für den nächsten Morgen.

Von seinem Raum aus hatte er einen fantastischen Blick aufs Meer. Er öffnete das Fenster und rief Maurice an.

»Heute gab es keinen Flug mehr. Aber morgen Mittag bin ich zuhause.«

»Dann gute Reise. Soll ich Engelhardt kontaktieren?«

»Ich habe ihn schon angerufen. Für uns ist die Sache erledigt. Wir müssen nur noch unser Honorar abholen.«

Schelbert verspürte plötzlich unbändigen Hunger. Den ganzen Tag hatte er nichts Richtiges gegessen. Er wollte nicht lange suchen und betrat das Restaurant des Hotels. Kurz darauf stand ein Teller mit einer großen Fleischportion und dicker, paprikagewürzter Soße vor ihm. Er hätte nicht gedacht, dass man heute noch auf diese Weise kochte. Es schmeckte wie in den jugoslawischen Restaurants, die er als Kind mit seinen Eltern besucht hatte.

Schelbert überschlug, dass die Sonne erst in zwei bis drei Stunden untergehen würde. Nach dem Essen und getaner Arbeit könnte er einen Strandspaziergang machen. Wer weiß, wann er wieder ans Meer käme. Er zog seine Schuhe aus. Es war warm genug, um barfuß zu laufen. An der Rezeption ließ er ein Taxi rufen, das ihn zu den einige Kilometer südlich von Ulcinj gelegenen, wenig frequentierten Stränden in der Nähe der montenegrinisch-albanischen Grenze brachte.

Erschreckende Mengen Zivilisationsmüll lagen dort im Sand. Offenbar nutzte niemand die schwarzen Müllsäcke, die leer und schlaff in ihren Halterungen hingen. Schelbert schlängelte sich durch einen Wust zerbrochener Glasflaschen, zerknüllter Bierdosen und leerer Plastikbehälter. Nur in der Nähe der seichten Brandung war der Sand sauber. Er schlenderte den Strand entlang und ließ seine Füße vom Wasser umspielen. Um diese Zeit war niemand mehr dort. Nach einer Weile gelangte er an die Mündung des Grenzflusses Bojana, der Montenegro von Albanien trennt.

Nach dem Marsch im lauwarmen Meer war Schelbert von der Kälte des Flusswassers überrascht. Er folgte dem von Sträuchern und Bäumen bewachsenen Ufer. Ihre Äste ragten weit über das Wasser hinaus. Schelbert musste in knietiefes Wasser ausweichen. Er watete eine Weile im kühlen Nass. Die kräftige Strömung des Flusses zog an seinen Beinen. Hier ging es nicht weiter. Er kehrte um, durchdrang das Gestrüpp und versuchte es landeinwärts.

Es dauerte eine Weile, bis seine Augen sich an das dämmrige Licht unter den Baumkronen gewöhnt hatten. Wege gab es nicht, nur einige Trampelpfade, die vom Strand wegzuführen schienen. Stachelige Äste überzogen den Boden. Schelbert bereute seinen Entschluss, auf Schuhwerk verzichtet zu haben. Zwei Dornen hatten sich bereits in seinem Fuß verhakt. Er zog sie heraus. Kleine Blutstropfen fielen zu Boden.

Schelbert blickte nach unten, um den Stacheln auszuweichen. Nach ein paar Minuten verlor er das Gefühl für die Distanz, die er zurückgelegt hatte. Rechts blendeten ihn Lichtreflexe von der Oberfläche eines kleinen Tümpels, dessen Oberfläche schwarz-bläulich leuchtete. Schwärme von Mücken umkreisten ihn. In kürzester Zeit war er mit Stichen übersät, die rasch zu kleinen Beulen anschwollen. Schelbert schlug um sich. Er versuchte schneller voranzukommen und trat in eine Glasscherbe. An seiner Ferse klaffte ein blutender Schnitt. Er konnte nur noch mit dem Fußballen auftreten.

Plötzlich verdunkelte es sich. Schelbert sah himmelwärts. Eine schwarze Wolkenwand zog auf und näherte sich mit rasender Geschwindigkeit. Klatschend fielen die ersten Tropfen auf die Baumkronen. Nicht weit entfernt fuhr ein Blitz nieder und spaltete einen dicken Stamm, der krachend auseinander barst. Gleich darauf folgte ein wuchtiger Donnerschlag. Schelbert duckte sich instinktiv. Kurz darauf prasselte starker Regen zwischen den Blättern hindurch. T-Shirt und Hose waren schnell durchnässt und klebten ihm am Leib. Heftiger Wind fuhr durchs Gestrüpp. Äste jagten auf ihn zu. Schelbert riss den Arm nach oben. Er hielt sich schützend die Hand vor das Gesicht.

Noch niemals hatte er ein solch heftiges Gewitter erlebt. Orkanartige Böen entwurzelten große Bäume. Äste brachen und fielen hinab. Unvermittelt traf ihn ein heftiger Schlag in den Rücken. Er wurde auf den Boden geschleudert und schnappte nach Luft.

»Hab ich dich!«

Schelbert drehte sich um. Ben Mertens stand über ihm. Zornentbrannt blickte er auf ihn herab. Schelbert erschrak. Zakhanis Helfer sollte doch ausgeschaltet worden sein. Wieso war er jetzt hier und wie hatte er ihn gefunden? Mertens hielt einen dicken Ast in der Hand. Er hob den Arm und holte aus.

»Ich will wissen, wo das Bild ist«, brüllte er.

Schon wieder rollte lärmender Donner durch die Luft. Schelbert lag zitternd am Boden.

»Ich habe es nicht.«

Mertens' Gesicht glich einer wutverzerrten Fratze. Er ist wahnsinnig geworden, dachte Schelbert. Er sah Blut an der Schläfe des Mannes kleben. Der Ärmel seines Anzugs war zerrissen und seine Hose völlig verdreckt.

Ein Blitz fuhr direkt neben ihnen in einen Baum. Dem grellen Licht folgte ohrenbetäubender Donner. Dann hörte Schelbert einen kreischenden Laut und sah einen riesigen Ast auf sich zukommen. Geistesgegenwärtig drehte er sich weg und zerschund seinen Körper am dornigen Gestrüpp des Bodenbewuchses. Wuchtig schlug der Ast neben ihm auf.

Einen Moment lang wagte Schelbert es nicht, sich zu rühren. Dann schob er sich auf die Knie und blickte nach hinten. Mertens lag verrenkt unter dem Ast. Sein Schädel war zerschmettert und das Gesicht kaum noch zu erkennen. An der Baumrinde klebten Hirnmasse und Blut. Er ist tot, dachte Schelbert, und empfand bei diesem Anblick Erleichterung. Ihm war nichts passiert, und Mertens würde ihm definitiv keine Schwierigkeiten mehr bereiten.

Die Naturgewalten begannen, sich zu beruhigen. Schelbert setzte sich auf den heruntergekrachten Ast und wartete, bis der Regen in ein feines Nieseln übergegangen war. Bald brach die Wolkendecke auf. Die tieforange Abendsonne glühte über dem Horizont. In einer halben Stunde würde es dunkel sein.

Schelbert fragte sich, wann die Leiche wohl gefunden werden würde, so versteckt, wie sie hier lag. Je länger es dauert, desto besser, dachte er, zog sein T-Shirt aus, riss ein Stück Stoff ab und wickelte den Fetzen um die blutende Wunde an seiner Ferse. Vorsichtig auftretend verließ er den unseligen Ort. Er humpelte am Strand entlang, bis er einen Abzweig zur Straße erreichte. Ein Kleinlaster gabelte ihn auf und nahm ihn bis zur Ortsmitte Ulcinjs mit.

Wenn Mertens ihn gefunden hatte, dachte Schelbert, dann würde das auch anderen gelingen. Er konnte noch nicht entspannen. Er musste weiterhin die Augen offenhalten. Wenn nichts anderes, dann hatten ihn die Erlebnisse der letzten beiden Tage das gelehrt.

31

Zielsicher fuhr Camilla durch Donji Štojs Sträßchen. Oft genug war sie in dem Haus gewesen, um den Weg durch die verwinkelten Gassen des Dorfes zu finden. Sie stellte den Wagen in die Garage und schloss das Tor.

Sie zog die Bilderrolle aus dem Kofferraum und schritt zur Stahltür an der Wand. Auf der Tastatur hinter der unscheinbaren Klappe gab sie die achtstellige Kennziffer ein. Karlheinz hatte sie ihr kurz vor ihrer Abfahrt überreicht. Irgendwie versetzte es ihr jedes Mal einen Stich, dass nur er die Kombination ändern konnte und es jedes Mal tat, nachdem sie im Gebäude gewesen war. Es sei kein Misstrauen ihr gegenüber, hatte er ihr mehrfach versichert, sondern nur Vorsicht. Sie glaubte ihm, weil sie ihm vertraute. Trotzdem störte es sie. Karlheinz war der einzige Mensch, dem sie sich geöffnet hatte, zumindest etwas. Manchmal dachte sie darüber nach, ob sie so etwas wie Freunde seien. Wenn sie wüsste, was Freundschaft ist, könnte sie das beantworten.

Jetzt hatte sie fünf Sekunden Zeit für den Iris-Scan. Ein grünes Licht glimmte auf. Camilla drehte den Schlüssel zweimal um und zog die schwere Metalltür auf. Auf der mit dunklem Teppich ausgelegten Treppe schritt sie in den Keller.

Das Haus hatte sie vor vielen Jahren als Strohfrau für Karlheinz gekauft. Er wollte einen Ort für seine Bilder haben, der nicht mit ihm in Verbindung gebracht werden könnte. Sie suchten und fanden ein Haus in dem kleinen, einige Kilometer südlich von Ulcinj gelegenen Dörfchen Donji Štoj. Niemand sonst wusste von dem Gebäude. Karlheinz besaß schon lange ein Apartment in Ulcinj. Dort hatte der Detektiv das Bild abstellen sollen. Vor ewigen Zeiten hatte er es erworben und oft als Urlaubsdomizil genutzt. Heute verbrachte er seine Ferienzeit, sofern er welche hatte, anderswo. Aber niemand wunderte sich, dass er so häufig nach Montenegro fuhr. Es lag nahe, seine kostbare Sammlung dort unterzubringen.

Auf jeden Fall hatte er sie nicht länger in seinem Bungalow aufbewahren wollen. Es kostete ihn eine irrsinnige Versicherungsgebühr, und er traute der Alarmanlage nicht. Einen Kunstdieb, meinte er, würde sie im Ernstfall nicht abhalten. Selbst aus Museen verschwänden immer wieder Kunstgegenstände.

Äußerlich unterschied sich das Haus nicht von den anderen in Donji Štoj. Doch Karlheinz hatte ein Untergeschoss mit drei großen Räumen ausheben lassen. Sein ›Gemäldekabinett‹, wie er es nannte, besaß eine überdurchschnittliche Höhe. Niemals würde man beim Anblick des kleinen Hauses ein derart großzügig angelegtes Souterrain vermuten. Nach und nach hatte Camilla Karlheinz' Gemäldesammlung dorthin transportiert. Zweiundzwanzig Bilder aus verschiedenen Epochen hingen jetzt dort, alle von beträchtlichem Wert.

Camilla hatte mitbekommen, dass Karlheinz vor allem Raritäten kaufte. Sie wusste, dass er deshalb so große Stücke auf Zakhani hielt. Camilla musste zugeben, dass es diesem schnieken Angeber gelang, immer wieder etwas Besonderes oder besonders Wertvolles hervorzuzaubern. Für das Bild von Ernst Ludwig Kirchner, das sie erst neulich hierher gebracht hatte, hatte ihr Chef eine halbe Million hingelegt.

Jedes einzelne Gemälde wurde von einem Strahler an der Decke beleuchtet. Camilla hatte sie nach Karlheinz' Anweisung montiert. Auf keinen Fall sollten durch Rahmen verursachte Schattenstreifen am oberen Rand der Bilder zu sehen sein. Camilla hatte sich mehrfach anhören müssen, dass er nicht verstehe, warum man in Museen darauf nicht achte. Camilla hatte die Leuchten zu seiner Zufriedenheit justiert.

Der Caravaggio war Nummer dreiundzwanzig und, wie sie jetzt wusste, Karlheinz' wertvollster Besitz. Er wollte das Bild ungerahmt belassen, so wie es auch der erste Besitzer, Marchese Vincenzo Giustiniani, gehandhabt habe, hatte er ihr erzählt. Kein Drumherum würde den Blick auf das Gemälde ablenken. Dazu musste Camilla die Leinwand auf ein Holzgestell aufziehen. Sie entfernte die dicke Plastikverpackung und nahm Maß. Wenn Sie Glück hatte, konnte sie heute noch die Latten besorgen und den Rahmen zusammennageln.

Oben im Erdgeschoss öffnete Camilla alle Fenster, um die frische Abendluft hereinzulassen, und rief Karlheinz an.

»Das Paket ist angekommen.«

»Du glaubst gar nicht, wie mich diese Nachricht beruhigt. Ich habe schon von Schelbert gehört, dass es keine Komplikationen mehr gab.«

»Stimmt, alles ist glattgelaufen.«

»Dann soll Zakhani ruhig kommen. Aber freiwillig lasse ich den nicht mehr in mein Haus.«

»Ich habe den von Anfang an nicht leiden können.«

»Ich weiß, und du hattest recht damit. Es gibt auch andere Händler.«

»Na dann, ich fliege morgen zurück.«

Camilla musste an den Detektiv denken, schon wieder. Unwillkürlich kam ihr der Gedanke, nach Ulcinj zu fahren, ihn im Hotel zu besuchen und alles Mögliche mit ihm anzustellen. Durchdringende Schreie vorbeifliegender Möwen rissen sie aus ihren Träumereien. Sie schloss die Fenster und machte sich zu dem kleinen Baumarkt in der Mitte von Donji Štoj auf. Sie hatte ja seine Adresse. Zurück in Deutschland könnte sie ihn jederzeit kontaktieren.

32

Rafael Schelbert betrat das Hotel. Die Rezeption war nicht besetzt. Er beugte sich über die schmale Theke, schnappte sich seinen Schlüssel und erklomm die enge Treppe zum zweiten Stock. Einen Aufzug gab es in diesem Etablissement nicht. Als er den Flur betrat, spürte er, dass etwas nicht stimmte.

Seine Zimmertür stand einen Spalt weit offen. Schelbert war sich sicher, sie geschlossen zu haben. Vorsichtig schob er sie auf. Sein Rucksack lag geöffnet auf dem Bett. Der gesamte Inhalt war auf dem Boden verstreut. Die Matratze war vom Bett geschoben und hing halb auf dem Boden. Sämtliche Türen und Schubladen des Kleiderschränkchens waren aufgerissen. Er griff nach seiner Jeansjacke und merkte sofort am Gewicht, dass die Pistole fehlte.

War das Mertens gewesen? Den ganzen Rückweg über hatte Schelbert sich den Kopf zerbrochen, wie Zakhanis Lakai es fertig gebracht hatte, ihn aufzuspüren. Es war ihm ein völliges Rätsel. Sie hatten einen neuen, ganz anderen Wagen besorgt. Er hatte ein neues Handy, das ihm nicht zugeordnet werden konnte. Stimmte etwas mit dieser Camilla nicht, die behauptet hatte, er sei ausgeschaltet? Oder waren es diese obskuren Leute, die ihn überfallen hatten, die angeblich Albaner gewesen sein sollten, wie Engelhardt und die Frau das behaupteten? Vielleicht hatten sie ihn gefunden und überwachten das Hotel?

Plötzlich hörte er ein Geräusch. Ihm blieb keine Zeit, weiter nachzudenken. Wer immer es auch war, er musste umgehend hier raus. Er schlüpfte in seine Schuhe, ignorierte den stechenden Schmerz am Fuß, stopfte seine Sachen in den Rucksack und setzte ihn auf.

Am Ende des Gangs gab es eine zweite Treppe. So leise wie möglich hastete er hinab. Unten befand sich eine Tür zum Hinterhof. Die konnte er nicht nehmen. Wenn jemand auf ihn wartete, dann mit Sicherheit dort. Eine andere führte in den Keller. Ihm blieb keine Wahl. Er öffnete die Tür, schloss sie so leise wie möglich hinter sich und schlich die Treppe hinunter. Er hoffte, sich hier verstecken zu können und nicht in der Falle zu sitzen.

Eine gelbliche Glühbirne erhellte den Kellergang, der so niedrig war, dass Schelbert unwillkürlich den Kopf einzog. Rechts und links zweigten weitere feucht-muffige Gänge ab. Ein fauliger Geruch nach altem Mörtel und verrottenden Lebensmitteln stieg ihm in die Nase.

Schelbert musterte die Gänge. Im Licht der schwachen Lampe war ihr Ende nicht auszumachen. Schelbert tastete sich weiter vor und betätigte einen weiteren Lichtschalter. Soweit er es erkennen konnte, stand er vor einem unterirdischen Labyrinth, das mehrere Gebäude miteinander verband. Das beklemmende Gefühl, in der Falle zu sitzen, fiel von ihm ab. Er musste nicht zurück ins Hotel. Irgendwo würde es einen anderen Ausgang geben. Seine Verfolger konnten nicht die ganze Stadt überwachen. Jedenfalls hatte er eine reale Chance, ihnen zu entkommen.

Er versuchte, den Grundriss des Hotels zu imaginieren. Der zweite Gang links schien am ehesten von ihm wegzuführen. Schelbert lief los. Er stolperte über eine Schwelle, die er im trüben Licht nicht gesehen hatte. Gerade noch konnte er sich an der rauen Wand abstützen. Noch ein paar Schürfwunden, dachte er. Er schritt jetzt langsamer voran und hielt immer wieder inne, um zu lauschen. Außer platschenden Wassertropfen und scharrenden Geräuschen vorbeihuschender Ratten war nichts zu vernehmen, weder Schritte noch Stimmen.

In den Tunneln fiel es ihm schwer, die Entfernung zu schätzen. Er vermutete, ungefähr zweihundert Meter zurückgelegt zu haben. Das schien ihm sicher genug. Mehrfach bereits war er an nach oben führenden Treppen vorbeigekommen. Den nächsten Aufgang erklomm er, öffnete behutsam die Tür und spähte in einen menschenleeren Flur. Ganz in der Nähe befand sich der Ausgang zum Hinterhof. Schnell schlüpfte Schelbert in den kleinen Hof. Das Holztor am Ende war nur mit einem Riegel gesichert. Es führte auf eine kleine Seitenstraße. Kein Mensch war zu sehen. Für den Moment hatte er es geschafft.

Vielleicht war es doch das Handy, das ihn verraten hatte. Er hatte das Telefon zwar immer nur kurz eingeschaltet, aber möglicherweise hatte das gereicht. Oder bildete er sich das alles nur ein, und sein Zimmer war von irgendjemandem durchsucht worden, der gar nichts mit der Sache zu tun hatte? So oder so, noch lag das Gerät in seinem Rucksack. Er musste es loswerden. Er entfernte Akku und SIM-Karte. Dann schmiss er alles in den nächsten Abfalleimer.

Schelbert hockte sich hinter eine Hausecke und überdachte seine Lage. Wenn sie sein Telefon kannten, kannten sie vielleicht auch seinen Namen. Es konnte gut sein, dass sie von seiner Flugbuchung wussten. Er musste damit rechnen, dass sie ihn am Flughafen Podgorica abfingen. Auf keinen Fall durfte er dorthin. Oder begann er jetzt paranoid zu werden? Vielleicht war das die Anspannung seiner Flucht durch die Keller, oder es steckte doch noch in ihm drin, dass er zweimal an diesem Tag in lebensbedrohliche Situationen geschlittert war. Schelbert schloss die Augen und atmete einige Male tief ein und aus.

Auf jeden Fall musste er aus Ulcinj raus. Wurde er tatsächlich gesucht, konnte er seinen Verfolgern jederzeit in die Arme laufen. Richtung Ortsausgang hatte er einen Taxistand gesehen, dem er sich über Nebenstraßen vorsichtig näherte. Er stieg in den ersten freien Wagen. Als das Fahrzeug auf die Landstraße bog und sich Kilometer um Kilometer von Ulcinj entfernte, fiel ein großer Teil seiner Anspannung von ihm ab.

»Tivat«, hatte er dem Taxifahrer zugerufen.

Schelbert erinnerte sich, auf der Hinfahrt bei dem Hafenort an der nördlichen Küste des Landes einen Flughafen gesehen zu haben. Er würde dort einchecken. Wenn er das Ticket unmittelbar vor dem Abflug am Schalter kaufte, säße er in der Maschine, bevor jemand von seiner Buchung erführe. Das hoffte er jedenfalls.

In der Ortsmitte Tivats ließ er sich absetzen, blickte dem Taxi hinterher, bis es außer Sichtweite war und machte sich mitten in der Nacht auf den Weg in Richtung des vier Kilometer südlich gelegenen Flughafens. An einen Baum gelehnt erwartete er halb dösend den Morgen. Sein Rücken schmerzte, aber seine hoffnungsvolle Stimmung konnte das nicht trüben. Endlich würde die Odyssee der vergangenen zwei Tage ihr Ende finden.

Um sechs Uhr öffneten sich die Türen des Flughafengebäudes. Sofort strömten hunderte von Menschen in die Eingangshalle.

Schelbert studierte die Abflugtafel. Er wählte den ersten Direktflug nach Düsseldorf, kaufte ein Ticket und mischte sich ins Gedränge vor der Sicherheitskontrolle. Kinder quengelten, und die Erwachsenen unterhielten sich lautstark. Schelbert atmete auf, als er endlich in die Abflughalle eingelassen wurde. Auch diese war überfüllt. Zehn Minuten stand er an den Toiletten an. Er schüttete sich Wasser ins Gesicht und konnte sich dank seiner Angewohnheit, im Rucksack die entsprechenden Utensilien mit sich zu führen, sogar die Zähne putzen. Erfrischt verließ er die Toilettenräume.

Die vielen drängelnden, gestikulierenden und miteinander redenden Leute schützten ihn vor den Blicken etwaiger Verfolger. Schelbert glaubte sich zwar nicht mehr in Gefahr, hatte sich aber vorgenommen, vorsichtig zu bleiben, bis er im Flugzeug saß. Er setzte seine schwarze Schirmkappe auf und zog sie so tief ins Gesicht, dass seine Augen im Schatten lagen. Unauffällig scannte er die Abflughalle. Niemand verhielt sich auffällig. Alle schienen nur ungeduldig darauf zu warten, die laute Halle endlich verlassen und ihr Flugzeug besteigen zu können. Schließlich war auch er an der Reihe. Als er sich auf seinen Sitzplatz fallen ließ, spürte er, wie erschöpft er war.

Vor ihm hing ein in den Sitz montierter Telefonhörer. Wenn es denn ein Telefon gibt, dann kann man es auch nutzen, dachte er und rief sofort nach dem Start Maurice an. Es war ihm gleich, was das kostete. Bei dem Honorar, dass ihm dieser Auftrag einbrachte, konnte er sich den Luxus des Telefonats leisten.

»Guten Morgen. Ich sitze im Flieger.«

»Ich hatte schon gedacht, es sei wieder etwas passiert. Ich konnte dich nicht erreichen.«

»Ich hatte sicherheitshalber das Telefon deaktiviert.«

»Das habe ich mir schon gedacht. Ist denn schon wieder etwas passiert?«

»Ja, ist es. Aber das erzähle ich dir alles später. Es war Jack Kerouac, aus dem Buch ›Unterwegs‹, stimmts?«

»Was?«

»Das Zitat, das du mir vorgelesen hast.«

»Du hast vielleicht Nerven. Daran habe ich gar nicht mehr gedacht. Aber ja, es stimmt.«

»Na also, ich habe es noch drauf. Hol mich nachher in Düsseldorf vom Flughafen ab.«

Wanne-Eickel 1981

Bisher hatte sich Karlheinz Engelhardt nicht für Kunst interessiert. Ein paar schöne Bilder an der Wand fand er durchaus dekorativ. Aber genauso gut könnten dort Fotos hängen oder irgendetwas anderes. Abbildungen von Engeln und Marien sagten ihm nichts, auch nicht die Farbkaleidoskope abstrakter Werke. Er konzentrierte sich auf sein Jurastudium. Damit hatte er mehr als genug zu tun. Er träumte von einer Karriere als Anwalt mit spektakulären Fällen und nicht so vielem Kleinkram, wie er es bei der Tätigkeit seines Vaters erlebte. Dieser schien zufrieden damit. Aber Karlheinz wusste, dass ihm das nicht genügen würde.

»Kommst du mal?«, rief Friedrich Engelhardt.

»Was gibt's?«

»Du interessierst dich ja nicht so recht für Kunst.«

»Das ist nichts Neues.«

»Aber es gibt da etwas, das du wissen solltest.«

Friedrich Engelhardt führte seinen Sohn zu der kleinen Abstellkammer im Erdgeschoss des Bungalows, den er drei Jahre nach Ende des Krieges günstig erworben hatte. Seine schöne, alte Villa war leider nicht mehr zu retten gewesen.

Karlheinz hatte sich nie gefragt, was diese Abstellkammer anderes als Gerümpel enthalten könnte. Zum ersten Mal fiel ihm auf, dass ihre Tür mit einem Sicherheitsschloss verriegelt war.

Vater und Sohn betraten den Raum, an dessen linker Wand ein Gobelin hing. Friedrich Engelhardt ergriff den Stoff und schwang ihn zur Seite. Dahinter kam ein Ölgemälde zum Vorschein. Es zeigte einen älteren Mann mit weit aufgerissenen Augen und gefurchter Stirn, der irgendetwas in ein Buch schrieb. Der Engel neben ihm schien ihm die Hand zu führen.

»Das ist der ›heilige Matthäus mit dem Engel‹ von Caravaggio.«

Viele Male war Karlheinz von seinem Vater zu Ausstellungen und in Museen mitgenommen worden. Auch wenn er sich nicht wirklich dafür interessierte, kannte er den Namen Caravaggio.

»Du sagst mir also, dass du hier einen Caravaggio hängen hast?«

»Genau!«

»Und der ist echt?«

»Ja!«

»Aber dann ist das Bild doch ein Vermögen wert. Warum verkaufst du es nicht?«

»Weil ich es behalten möchte und weil es eine gute Wertanlage ist. Die Preise für solche Bilder steigen unaufhörlich. Eines Tages wird es dir gehören, und dann ist es garantiert viel mehr wert als heute.«

»Und warum zeigst du es mir ausgerechnet jetzt?«

»Irgendwann muss es einmal sein. Ich bin nicht mehr jung.«

»Und woher weißt du, dass es tatsächlich ein Caravaggio ist und keine Fälschung?«

Friedrich Engelhardt erzählte seinem Sohn von der Begegnung mit Leroy Anderson und wie das Gemälde in seinen Besitz gekommen war.

»Es wäre schön, wenn das Bild in der Familie bliebe«, sagte Friedrich Engelhardt. »Aber du kannst damit natürlich machen, was du willst.«

Eine ganze Weile noch verharrte Karlheinz in der Betrachtung des Kunstwerks. Dann bedeckte Friedrich die Leinwand wieder und schloss den Raum sorgfältig ab.

Karlheinz kehrte in sein Arbeitszimmer zurück und setzte sich an den Schreibtisch. Doch es gelang ihm nicht, sich auf seine Studien zu konzentrieren. Unwirsch schlug er das Lehrbuch zu und lief ins Wohnzimmer. Die Bibliothek seines Vaters enthielt nicht viele Kunstbände. Aber drei davon hatten Caravaggio zum Thema. Karlheinz wusste jetzt, warum.

Beim Anblick des Bildes hatte er zum ersten Mal gespürt, dass von einem Kunstwerk eine eigentümliche Magie ausgehen kann. Zum ersten Mal hatte ihn der Sog dieser Magie erfasst. Er begann zu ahnen, was die Menschen an Kunst so faszinierte und warum diese Bilder für exorbitante Summen gehandelt wurden. An diesem Tag wusste er noch nicht, dass er viele Jahre später nicht nur ein erfolgreicher Anwalt wäre, sondern auch eine beträchtliche Kunstsammlung, deren Prachtstück dieser Caravaggio sein würde, sein Eigen nennen könnte.

33

»Sie kommen mit.«

Fergal Tygstrup war das gar nicht recht. Doch er wagte es nicht, Lekë Bekthasi zu widersprechen. Unversehens war der Albaner bei ihm aufgetaucht. Das war bisher nur einmal geschehen, als er ihm seine erste Provision gebracht hatte.

»Ich kenne den Anwalt doch überhaupt nicht.«

»Sie werden dennoch mit ihm reden.«

Bekthasis autoritäres Auftreten gab Tygstrup das Gefühl, er und nicht der Albaner sei für den Misserfolg der Aktion verantwortlich. Dabei hatte er alles getan, was in seiner Macht stand. Ohne ihn hätte Bekthasi nie von dem Bild erfahren und wäre auch nicht an die Handynummer und den Namen des Transporteurs gekommen. Ohne ihn hätte er nicht gewusst, dass das Bild einem Anwalt namens Dr. Karlheinz Engelhardt gehörte.

Demonstrativ sah Bekthasi sich in Tygstrups Apartment um. Der tut beinah, als gehöre es ihm, dachte der Journalist. Bekthasis Blick blieb am Panorama hängen, das sich durch das breite Wohnzimmerfenster auf eine Parkanlage in der Düsseldorfer Innenstadt bot.

»Irgendwer wird dafür bezahlen«, sagte er. »Ich will dieses Bild, und dieser Anwalt wird uns sagen, wo es ist. Wir brechen auf.«

Noch nie hatte der Albaner Tygstrup in seine Aktionen einbezogen. Der Journalist wollte sich gar nicht vorstellen, was ihm jetzt bevorstand. Er versuchte, die Bilder von Schlägen und Folter, die vor seinem inneren Auge aufflackerten, zu verdrängen. Während der Fahrt nach Wanne-Eickel verlor Bekthasi kein weiteres Wort. Es wäre weniger bedrohlich gewesen, dachte Tygstrup, hätte er weitere Drohungen ausgestoßen.

34

Eigentlich war heute Putztag. Aber nach all den Geschehnissen wagte Marita Buschweiler-Krisch es nicht, einfach bei Dr. Engelhardt aufzuschlagen. Sie hatte nichts mehr von ihm gehört. Warum auch sollte er sich bei ihr melden? Auch Darius hatte nicht mehr angerufen. Ihre Wut auf ihn war beileibe noch nicht verflogen. Aber hauptsächlich schalt sie sich wegen ihrer Blindheit. Wie konnte sie nur so dumm gewesen sein, sich von ihren sentimentalen Erinnerungen beherrschen zu lassen und zu meinen, alles sei noch so wie früher. Damals war auf Darius' Wort immer Verlass gewesen. Niemals hatte er sie angelogen. Dass er heute nicht mehr derselbe war, hätte sie sich nicht nur denken können, sondern es auch bemerken müssen. Schon damals hatte sie seine Geldgier gestört. Jetzt dominierte sie ganz offensichtlich sein Handeln.

Schließlich rief sie Dr. Engelhardt an. Er bestätigte den Putztermin. Eine halbe Stunde später betrat Marita das Haus. Der Anwalt saß am Schreibtisch.

»Ah, guten Morgen«, sagte er. »Wie geht es Ihnen?«

In Dr. Engelhardts Ton schwang eine Vertraulichkeit, die Marita irritierte. Sie war unsicher, wie sie dieser begegnen sollte.

»Guten Morgen. Ich fange dann mal mit dem Bad an«, sagte sie und wandte sich schon der Tür zu.

»In Ordnung«, sagte der Anwalt. »Wenn Sie fertig sind, würde ich Sie gerne kurz sprechen.«

»Sind Sie heute nicht mehr bei Gericht?«

Marita erinnerte sich, einen Außentermin in Dr. Engelhardts Kalender vermerkt gesehen zu haben.

»Der Termin ist verschoben. Ich arbeite den ganzen Tag zuhause.«

Na dann, dachte Marita, und war froh, Dr. Engelhardt bei so guter Laune zu sehen. Das konnte ja nur heißen, dass er das Gemälde erfolgreich aus Darius' Reichweite gebracht hatte. Sie freute sich für den Anwalt. Aber weiterhin beharrte sie auf ihrer Meinung, das Bild solle, wenn schon nicht der Öffentlichkeit, dann wenigstens der Wissenschaft zugänglich sein. Darüber hatten sie auch in Zevenaar gesprochen. Marita hatte ihre Position wortreich erläutert und lange auf Dr. Engelhardt eingeredet. Im Nachhinein war ihr aufgefallen, dass der Anwalt hauptsächlich zugehört, aber kaum etwas dazu geäußert und ihr auch nicht widersprochen hatte.

Marita lief an der Tür zur Abstellkammer vorbei. Nie wieder würde sie diesen Raum betreten. Sie fragte sich, wo das Gemälde jetzt wohl hing.

35

Rafael Schelberts Maschine landete pünktlich. Als die Türen der Ankunftshalle aufschwangen, entdeckte er sofort Maurice' gelockten Kopf. Im Parkhaus steuerte Maurice auf seinen alten Peugeot zu. Schelbert blieb ruckartig stehen.

»Ist der Bentley weg?«

»Gestern habe ich ihn abgegeben. Das Geld ist schon auf unserem Konto.«

»Na wenigstens das.«

Schelbert empfand Wehmut über den Verlust des Luxusautomobils. Ihm hatten die elegante Form der Karosserie und das Drachenrot der Lackierung gefallen, und die gigantische Motorkraft war ein Erlebnis gewesen, das süchtig machen konnte. Auch hatte er den verschwenderischen Perfektionismus, der jedem kleinen Detail dieses Wagens anhaftete, bewundert. Dagegen wirkte Maurice' alte Kiste wie ein unbedacht zusammengewürfeltes Stück Technik.

»Ich bin ziemlich geschafft«, sagte Schelbert. »Ich habe ja kaum geschlafen die Nacht. Aber lass uns das jetzt gleich zu Ende bringen.«

»Das heißt, wir fahren zu Engelhardt?«

»Ja, unser Honorar kassieren. Was ist übrigens mit den Mietwägen?«

»Den Unfallwagen zahlt die Versicherung. Wir brauchen nur noch den Polizeibericht. Bei dem anderen, den du hast stehenlassen, kommen die Kosten für die Rückführung dazu. Das habe ich auf die Spesenrechnung gesetzt.«

»Das ist ja wohl auch das Mindeste, was Engelhardt uns schuldet.«

»Ich bin vor allem froh, dass du unbeschadet wieder zurück bist. So etwas machen wir nicht noch mal.«

36

Fergal Tygstrup klingelte. So nervös war er schon lange nicht mehr gewesen. Nur mit Mühe gelang es ihm, seine aufkommende Übelkeit zu unterdrücken. Kaum öffnete sich die Tür, legte Bekthasi ihm unsanft die Hand auf die Schulter und schob ihn an Engelhardt vorbei ins Haus. Dann riss der Albaner dem Anwalt unsanft die Tür aus der Hand und warf sie zu.

»Was fällt Ihnen ein? Was machen Sie da?«, fuhr Engelhardt ihn an.

Jetzt geht es los, dachte Fergal Tygstrup. Bekthasi packte Engelhardt am Saum der Jacke, zerrte ihn ins Wohnzimmer und schubste ihn unsanft in einen der Ledersessel. Der Weg zur Tür ist frei, schoss es Tygstrup durch den Kopf. Es drängte ihn, zu fliehen und so schnell und weit zu laufen, wie er konnte. Aber er wusste, dass Bekthasi das nicht zulassen würde. Zögerlich folgte er dem Albaner in den Wohnraum.

»Wir werden uns jetzt in aller Ruhe unterhalten«, sagte Bekthasi.

»Wer sind Sie und wer ist er? Kann mir endlich jemand sagen, was das soll?«

Tygstrup sah Zornesröte in Engelhardts Gesicht aufsteigen. Der Anwalt ließ kein Zeichen von Angst erkennen und hielt Lekë Bekthasis Blick trotzig stand, diesen eiskalten Augen, die Tygstrup schon bei seiner ersten Begegnung mit dem Albaner eingeschüchtert hatten.

»Also?«, fragte Engelhardt.

»Wir können uns viel Zeit und Ärger sparen«, sagte Bekthasi, »wenn Sie mir eine Frage beantworten: Wo ist das Bild? Sie bekommen einen angemessenen Preis dafür. Aber ich will das Bild.«

»Hat Zakhani Sie geschickt? Und wo ist Mertens?«

»Wer?«

»Darius Zakhani. Der hat Sie doch auf mich gehetzt.«

»Ich weiß nicht, wovon Sie sprechen. Also, wo ist das Bild?«

»Das werde ich Ihnen nicht sagen.«

»Das werden Sie.«

Engelhardt erhob sich. Mehr als zuvor wünschte sich Fergal Tygstrup, so weit weg wie möglich zu sein. Jeder andere Ort wäre ihm jetzt lieber als dieses Wohnzimmer. Auf keinen Fall wollte er miterleben, was jetzt gleich geschehen würde.

»Hier ist es nicht«, sagte Engelhardt.

»Dann werden Sie mir jetzt sagen, wo es ist.«

Lekë Bekthasi trat einen Schritt nach vorn und stand jetzt unmittelbar vor dem Anwalt.

37

Als sie die Stimmen hörte, konnte Marita Buschweiler-Krisch wieder einmal ihre Neugier nicht zügeln. Ihr war völlig klar, dass es sie nichts anging, was Dr. Engelhardt da mit seinen Besuchern besprach. Überhaupt nichts ging sie das an. Aber die halb offenstehende Wohnzimmertür war einfach zu verlockend. Marita lugte hindurch. Sie sah den Journalisten und wunderte sich, dass Dr. Engelhardt ihn ins Haus gelassen hatte. Warum sollte er dem Schreiberling irgendetwas erzählen, nachdem er einen riesigen Aufwand betrieben hatte, um das Bild zu verstecken?

Da bemerkte Marita, dass noch jemand im Raum war. Sie kannte den Mann nicht. Mit seiner südländischen Erscheinung und den scharf geschnittenen Gesichtszügen ähnelte er Darius. Schnell begriff sie, dass es nicht der Journalist war, der etwas von Dr. Engelhardt wollte, sondern der Fremde. Marita missfiel der unverschämte Ton, in dem er zu ihrem Chef sprach. Es drängte sie, sich einzumischen und Dr. Engelhardt zur Seite zu stehen. Doch die Erfahrungen der letzten Tage ließen sie zögern. Dann überschlugen sich die Ereignisse.

38

Fergal Tygstrup zuckte zusammen. Völlig unerwartet und mit einer Schnelligkeit, die er dem Anwalt nicht zugetraut hatte, schlug Engelhardt Lekë Bekthasi an die Schläfe. Der Albaner verdrehte die Augen und sackte zusammen. Mit dem Hinterkopf traf er auf den gläsernen Wohnzimmertisch. Die Platte zerbarst in tausend Scherben. Bewegungslos und mit verdrehtem Kopf blieb der Albaner liegen. Erst jetzt registrierte Tygstrup, dass der Anwalt den mit Löschpapier bespannten Marmorblock, der zu dem alten Schreibset auf dem Arbeitstisch gehörte, in der Hand hielt. Engelhardt musste, als er Bekthasi gegenüberstand, unbemerkt danach gegriffen haben.

Tygstrup registrierte eine Bewegung. Er fuhr herum und wich unwillkürlich einen Schritt zurück. Die Frau, die ihm gestern die Tür an den Fuß geknallt hatte, betrat den Raum und lief auf Bekthasi zu. Mit einer Selbstverständlichkeit, als machte sie das jeden Tag, kniete sie sich neben den leblosen Körper, tastete nach dem Puls und befühlte den Nacken des Mannes.

»Er ist tot, wahrscheinlich Genickbruch.«

»Sind Sie sicher?«, fragte Engelhardt.

»Ja. Vor meinem Studium habe ich eine Ausbildung zur Krankenpflegerin begonnen.«

»Sie zeigen ja immer neue Qualitäten.«

Wie konnte dieser Anwalt in einer solchen Situation nur lächeln? Er hatte gerade jemanden niedergeschlagen und offensichtlich getötet, und jetzt redete er mit dieser Frau, als seien sie in einer Geschäftsbesprechung. Tygstrup spürte eine Verbindung zwischen den beiden. Er fragte sich, ob sie etwas miteinander hatten. Doch das war das Letzte, auf das es jetzt ankam. Da lag eine Leiche am Boden, und er steckte mittendrin. Den Anwalt schien das nicht im Mindesten zu beunruhigen. Er drehte sich zu ihm hin.

»Wer ist das? Wer ist der Mann, den Sie mir hier ins Haus geschleppt haben?«

Tygstrup wollte mit dem Ganzen nichts zu tun haben und schon gar nicht Rede und Antwort stehen. Er musste hier so schnell wie möglich weg. Doch als er einen Schritt Richtung Tür machte, fühlte er sich unsanft am Arm gepackt. Der Anwalt besaß eine Kraft, die Tygstrup ihm nicht zugetraut hätte.

»So nicht, mein Lieber«, sagte Engelhardt. »Sie schleppen mir diesen Mann ins Haus und wollen dann einfach abhauen. Wer ist das?«

»Lassen Sie mich los!«

Fergal Tygstrup erschrak über den Klang seiner Stimme. Nur krächzend bahnten sich die Wörter ihren Weg. Tygstrup, ansonsten die Selbstsicherheit in Person, fühlte sich wie ein kleines Kind vor einem gestrengen Lehrer.

»Nichts da. Erst sagen Sie uns, was hier los ist.«

Als Engelhardt ihn herumriss, entfuhr Tygstrup ein ächzender Laut. Der Anwalt drückte ihn an Wand.

»Also?«

»Ist ja gut, ich sage es Ihnen. Der Mann ist Albaner und hinter ihrem Bild her.«

»Erzählen Sie mir etwas Neues. Warum? Hat er etwas mit der Mafia zu tun, mit den Überfällen?«

»Ich weiß nichts Genaues. Ich sollte ihm nur Informationen liefern.«

»Das glaube ich Ihnen nicht. Sie stecken doch selbst mit drin.«

»Sie müssen mir glauben. Ich habe damit nichts zu tun. Ich liefere nur Informationen.«

»Ich muss Ihnen gar nichts glauben.«

Engelhardt durchbohrte ihn mit seinem Blick und wandte sich auch nicht von ihm ab, als er zu der Putzfrau sprach.

»Was machen wir mit ihm?«

Fergal Tygstrup erschrak. Wollte dieser Wahnsinnige ihn auch umbringen? Zuzutrauen wäre es ihm, nach allem, was Tygstrup hier erlebt hatte. Er versuchte sich loszureißen, konnte sich aber nicht aus dem Griff des Anwalts winden. Engelhardt drückte ihn noch fester an die Wand.

»Bleiben Sie ruhig«, sagte er und wandte sich wieder der Putzfrau zu.

»Sie haben gesagt, Sie kennen ihn?«

»Ja, ich habe einiges von ihm gelesen. Er ist so eine Art Kunstpapst. Dass ausgerechnet er derart kriminell ist, hätte ich nicht gedacht.«

»Kriminell«, zischte Tygstrup.

Zu seiner Angst gesellte sich Ärger. Er hatte keine Lust, sich Vorwürfe anzuhören. Bei Engelhardts Geschäften war bestimmt auch nicht alles sauber, dachte er. Jeder kämpft sich eben durchs Leben, so gut es ging. Endlich ließ der Druck von Engelhardts Arm nach.

»Ich weiß nicht, welches Spiel Sie spielen. Es ist mir auch vollkommen egal. Aber wagen Sie es nie wieder, sich in meine Angelegenheiten zu mischen. Ich habe auch meine Methoden, und die würden Ihnen nicht gut bekommen. Habe ich mich klar ausgedrückt?«

Tygstrup antwortete nicht. Was sollte er schon sagen.

»Sie werden dafür sorgen«, fuhr Engelhardt fort, »dass mir niemand mehr Ärger macht, ist das klar? Andernfalls schicke ich Ihnen meine Leute, und das wird kein Vergnügen für Sie.«

Dieser Anwalt ist keinen Deut besser als Bekthasi, dachte Tygstrup. Gerade war er den Albaner losgeworden. Jetzt bedrohte ihn Engelhardt. Bevor er etwas sagen konnte, klingelte es.

»Wer ist das?«, fragte die Frau.

»Ich weiß es nicht. Ich erwarte niemanden«, sagte Engelhardt, ging zur Tür und öffnete.

Das war seine Gelegenheit. Fergal Tygstrup rannte durch den Flur, drängte sich mit dem beträchtlichen Gewicht seines Körpers an Engelhardt vorbei. Er streifte einen der beiden jungen Männer, die vor dem Haus standen, und spurtete zu seinem Auto. Niemand hielt ihn auf. Niemand rief ihm etwas hinterher. Er riss die Autotür auf, warf sich hinters Steuer und legte einen Blitzstart hin.

Auf der Fahrt nach Düsseldorf fiel die Anspannung langsam von ihm ab. Selten war er so froh gewesen, zuhause anzukommen. Er kickte seine Schuhe in die Ecke und ließ sich völlig ausgelaugt aufs Sofa fallen.

39

Als der korpulente Mann ihn anrempelte, verlor Rafael Schelbert beinah das Gleichgewicht. Der Dicke rauschte an ihm vorbei, als sei der Teufel hinter ihm her.

»Wer war denn das?«, fragte er.

»Das wollen Sie gar nicht wissen. Kommen Sie rein«, antwortete Engelhardt.

Maurice entfuhr ein Laut des Erschreckens, als er den Mann auf dem Boden liegen sah. Rafael Schelbert legte ihm beruhigend die Hand auf den Arm. Nach den Ereignissen der vergangenen beiden Tage konnte ihn dieser Anblick kaum noch verunsichern. So verrenkt, wie der Mann da lag, war er tot. Neben ihm kniete eine Frau. Maurice stieß ihn in die Seite.

»Die kenne ich.«

»Darf ich vorstellen?«, sagte Engelhardt. »Das ist meine Putzhilfe, Frau Buschweiler-Krisch.«

Engelhardt klang trotz der Situation entspannt. Er verhielt sich, als habe er ein paar nette Leute zu Besuch und nicht eine Leiche am Boden. Überhaupt schien der Anwalt wie verwandelt. Die kleinbürgerliche Gemütlichkeit, die er bei ihrem ersten Besuch an den Tag gelegt hatte, war einem selbstbewussten und energischen Auftreten gewichen. Kein Wunder, dachte Schelbert, dass er in seinem Beruf so erfolgreich ist.

»Was ist hier passiert?«, fragte er.

»Nun, wie Sie sehen, haben wir hier eine missliche Situation. Sie kommen übrigens genau im richtigen Moment.«

»Wir wollten nur unser Honorar abholen.«

»Selbstverständlich, das habe ich bereits vorbereitet. Aber wie wäre es mit einem weiteren Auftrag?«

Schelbert sah die Putzfrau überrascht aufblicken und fühlte zugleich Maurice' Hand auf seiner Schulter. Sein Freund blickte ihn warnend an. Rafael Schelbert beschlich eine Ahnung, worauf das hinauslaufen würde.

»Hat das mit dem Mann auf dem Boden zu tun?«, fragte er.

»Ich zahle Ihnen nochmal das Gleiche«, sagte Engelhardt.

»Was sollen wir tun?«

»Sie sehen ja, was hier los ist. Die Leiche muss weg.«

»Der Mann ist definitiv tot?«

»Ja.«

Schelbert betrachtete einen Moment die starr in den Höhlen liegenden Augen und den merkwürdigen Winkel, in dem der Kopf lag. Der Körper strahlte kaum noch etwas Menschliches aus.

»Die Leiche muss weg«, sagte Engelhardt, »und Ihre Aufgabe wäre es, das zu erledigen.«

»Wir sollen uns an einem Mord beteiligen?«, fragte Schelbert.

»Es war kein Mord, es war ein Unfall. Der Mann ist gestürzt.«

»Sagen Sie.«

»Das müssen Sie mir schon glauben.«

»Es stimmt«, sagte die Putzfrau. »Ich habe alles gesehen.«

»Dann gibt es doch kein Problem«, sagte Schelbert. »Warum holen Sie nicht einfach die Polizei?«

»Das geht nicht.«

»Wieso geht das nicht?«

Engelhardt hielt inne, blickte zu Boden und holte tief Luft.

»Na gut, ich sage es Ihnen. Ich kann es mir nicht leisten, in eine kriminaltechnische Ermittlung verwickelt zu werden. Das käme überhaupt nicht gut bei meinen Klienten an. Außerdem gehört der Mann, so viel ich weiß, dem organisierten Verbrechen an. Was meinen Sie, was die Behörden da auffahren werden? Aber das ist nicht das Schlimmste. Was meinen Sie, was dann von der Organisation auf mich zukommt? Ich möchte gern noch etwas länger leben. Niemand darf erfahren, dass ich diesen Mann kenne, geschweige denn irgendetwas mit seinem Tod zu tun habe.«

»Ist das jemand von der albanischen Mafia? War der es, dem ich den Angriff auf mich zu verdanken habe?«

»Sie begreifen schnell. Ich weiß zwar nicht, wie die überhaupt auf Ihre Spur gekommen sind, aber wie es aussieht, hatten wir die Helfershelfer dieses Mannes am Hals.«

»Genauer gesagt, ich hatte sie am Hals. Und ich kann froh sein, dass ich noch lebe und jetzt hier stehe.«

»Ja, natürlich, Sie haben recht, und ich bin froh, dass Sie denen entkommen sind.«

»Und wer ist nun der Tote?«

»Ich weiß nicht, wie er heißt und will es auch gar nicht wissen. Der Journalist, der eben rausgerannt ist, hat ihn hier angeschleppt. Über ihn müssen die ins Spiel gekommen sein.«

»Und was ist hier geschehen? Sie müssen schon ein bisschen mehr erzählen.«

»Der Typ hat mich angegriffen, und ich habe mich gewehrt. Ich hatte Pech oder Glück, wie man es nimmt. Er ist unglücklich gestürzt.«

Das konnte stimmen. Rafael Schelbert neigte dazu, Dr. Engelhardt zu glauben. Natürlich konnte alles anders verlaufen sein. Aber die Geschichte passte zu dem, was er sah. Er musste sich entscheiden.

»Der Mann muss weg«, sagte Engelhardt, »ohne dass man eine Spur zu uns findet. Ich weiß nicht, wie man das am besten macht, und ich brauche absolute Diskretion. Darin sind Sie doch gut. Können Sie mir helfen?«

»Wenn wir das organisieren und durchführen, machen wir uns strafbar. Ich weiß nicht, ob ich das möchte.«

»Das würde ich niemals von Ihnen verlangen.«

»Das tun Sie aber gerade.«

»Sie täuschen sich«, sagte Engelhardt. »Wenn Sie mir helfen, die Leiche wegzuschaffen, ist das keine Straftat. Der Tod war ein Unfall aus Notwehr. In einem solchen Fall ist die Beseitigung der Leiche nur eine Ordnungswidrigkeit im Sinne des Bestattungsgesetzes.«

»Und das macht es besser?«

»Natürlich. Im schlimmsten Fall hätten Sie mit einer Geldstrafe zu rechnen. Ich wäre schlimmer dran. Ich müsste dann alles erläutern und hätte eine Untersuchung und vielleicht sogar ein Verfahren am Hals.«

Engelhardt verharrte einen Moment.

»Und dann die Mafia«, fuhr er, mehr zu sich selbst gesprochen, fort.

»Das kann ich Ihnen nur glauben.«

»Nun, wie Sie wissen, bin ich Anwalt. Ich kenne die Gesetze. Warum sollte ich Sie belügen?«

Warum wohl, hätte Schelbert beinah geantwortet und blickte Engelhardt in die Augen. Er konnte die Miene des Anwalts nicht lesen.

Sie strahlte Aufrichtigkeit und Offenheit aus. Aber vielleicht war er einfach nur ein guter Schauspieler. Andererseits musste Schelbert eingestehen, dass ihn das Abenteuer, eine Leiche zu beseitigen, reizte. Engelhardt hatte das bestimmt gespürt. Wie so oft, wenn er über etwas nachdachte, rückte Schelbert seine Brille zurecht.

»Geben Sie uns einen Moment Bedenkzeit«, sagte er. »Ich muss mit meinem Kollegen sprechen. Können wir irgendwo ungestört reden?«

Engelhardt nickte und führte ihn und Maurice in die Abstellkammer, aus der sie das Bild geholt hatten. Der verschlissene Gobelin lag immer noch achtlos am Boden. Schelbert schloss die Tür.

»Was meinst du?«, fragte er.

»Das ist doch Wahnsinn. Das machen wir auf keinen Fall.«

»Es ist aber keine Straftat. Warum also eigentlich nicht?«

»Du glaubst das?«

»Der Mann ist Anwalt. Natürlich kann es sein, dass er uns belügt. Du kannst doch sicher ganz schnell rausbekommen, ob das wirklich stimmt.«

»Ich möchte nicht dabei erwischt werden, eine Leiche zu beseitigen.«

»Dann lassen wir uns eben nicht erwischen.«

»Dann lassen wir uns eben nicht erwischen, soso.«

»Ja, wir lassen uns nicht erwischen. Das werden wir ja wohl hinbekommen. Du bist doch sonst nicht so zimperlich, wenn es darum geht, die Grenzen der Legalität auszuweiten. Das machst du doch jeden Tag.«

»Das ist doch etwas ganz anderes.«

»Ja, denn wenn du dabei erwischt wirst, sind das Straftaten. Du sitzt seelenruhig vor deinem Computer, als könnte dir nichts passieren. Aber wenn irgendetwas von dem, was du tust, auffliegt, landest du für Jahre im Knast. Warum regst du dich jetzt so auf?«

Schelbert wusste, dass Maurice das nicht gerne hörte. Natürlich kannte sein Freund das Risiko, das er einging, wenn er fremde Bankkonten durchforstete oder sich in die Rechner einer staatlichen Behörde hackte.

Maurice zog ein beleidigtes Gesicht. Er lehnte sich an die Wand, zückte sein Smartphone und tippte eine Weile darauf herum.

»Also gut«, sagte er schließlich, »Engelhardt hat recht. Es wäre nur eine Ordnungswidrigkeit.«

»Und?«

»Ich bin nicht sicher.«

»Aber du würdest mir helfen?«

Maurice antwortete nicht, sondern brummte unbestimmt vor sich hin.

»In Ordnung. Lass uns wieder rübergehen«, sagte Schelbert.

Die Leiche lag noch genauso da wie zuvor.

»Wir sind dabei. Zwanzigtausend.«

»In Ordnung.«

»Und Sie verschaffen uns weitere Klienten.«

»In Ordnung.«

Engelhardt lächelte, als sei er sich der Zusage der beiden Detektive bereits sicher gewesen.

»Haben Sie schon eine Idee, was Sie mit der Leiche machen?« fragte er. »Sie muss auf jeden Fall spurlos verschwinden.«

»Wir, und damit meine ich meinen Partner und mich, werden das erledigen. Es ist besser, wenn Sie so wenig wie möglich wissen.«

»Einverstanden, da haben Sie sicher recht.«

»Du bist doch ein wandelndes Buch der Forensik«, sagte Maurice. »Dir wird schon das Richtige einfallen.«

»Sie kennen sich aus? Habe ich etwa einen Fachmann für Leichenbeseitigung engagiert? Wie nennt man das? Tatortreiniger?«

Jetzt versucht er es mit Humor, dachte Schelbert, der sich tatsächlich in der Theorie mit den verschiedenen Möglichkeiten beschäftigt hatte, eine Leiche verschwinden zu lassen. Niemals hätte er vermutet, dieses Wissen irgendwann einmal praktisch einsetzen zu müssen. Er fand es spannender als jeden Krimi, was man mit den modernen Methoden der Forensik alles herausfinden konnte. Umso wichtiger war es, jedenfalls aus der Sicht des Täters, es so zu tun, dass niemand die

Leiche finden kann. Rafael Schelbert hatte bereits eine Idee, wie sie es machen würden.

»Ja, ich habe einiges darüber gelesen, aus Interesse«, sagte er.

»Na, dann sind Sie ja im richtigen Beruf gelandet«, sagte Engelhardt.

Es gab wenig zu überlegen. Vergraben wäre das Beste. Tief genug platziert würde die Leiche niemals gefunden werden, es sei denn, sie verscharrten sie auf einem potenziellen Baugrundstück. Aber Schelbert hatte schon einen Ort im Sinn, an dem ihnen das mit Sicherheit nicht drohte.

Während er nachdachte, streifte sein Blick durch den Raum. Die Putzfrau hatte Maurice angesprochen und ihn aufgefordert, die Leiche ein Stück nach vorn zu ziehen, damit sie die Glasreste vom Teppichboden entfernen konnte. Wie ein eingespieltes Team arbeiteten die beiden Hand in Hand zusammen. Die Frau sah zu ihm auf.

»Wir haben Glück, dass der Mann keine Platzwunde hat. Blut lässt sich schlecht entfernen. Soweit ich jedenfalls weiß.«

»Das stimmt«, antwortete Schelbert. »Und es gäbe auch überall dort Blutspuren, wo die Leiche gelagert war.«

Schelbert warf einen Blick in die Runde.

»Am besten transportieren wir den Toten im Peugeot. Dann können wir den Wagen gleich verschrotten.«

Maurice riss die Augen auf und verzog das Gesicht.

»Du willst mein Auto verschrotten?«

Schelbert wusste, dass sein Freund an seinem alten Wagen hing. Fast zwanzig Jahre hatte er ihn besessen.

»Irgendwelche Spuren bleiben immer. Und wir müssen ohnehin ein neues Auto kaufen.«

Maurice' Miene blieb finster. Aber Schelbert wusste, dass sein Freund die Notwendigkeit, den Wagen verschwinden zu lassen, einsah. Schelbert schlug vor, bis zum Eintritt der Dunkelheit zu warten. Er fuhr den Peugeot in Engelhardts Garage. Zu viert hatten sie keine Mühe, den leblosen Körper im Kofferraum zu verstauen.

40

Fergal Tygstrup war vollkommen klar, dass er es nur seinem Glück zu verdanken hatte, unbeschadet aus der Sache herausgekommen zu sein. Mehr oder weniger unbeschadet, dachte er, denn sein Leben war innerhalb eines Tages auf den Kopf gestellt worden. Nach Bekthasis Tod konnte er seinen Traum von finanzieller Unabhängigkeit abschreiben. Das nagte an ihm. Gleichzeitig aber fühlte er sich ungewöhnlich frei. Ohne dass er es hatte wahrhaben wollen, hatte Bekthasi ihn fest in seinen Fängen gehalten. Er hatte tun müssen, was der Albaner von ihm verlangt hattte. Vielleicht war es gut, ihn endgültig los zu sein. Kurz erfasste ihn Angst vor Bekthasis Männern. Aber bei genauerer Überlegung hielt er es für unwahrscheinlich, dass ihm von ihnen Gefahr drohte. Das war einer der Vorteile der Organisation des Albaners. Jeder wusste immer nur so viel, wie nötig und kannte nur seine direkten Kontaktpersonen.

Engelhardts Drohung hatte ihn nur kurz verunsichert. Er war sich ziemlich sicher, dass der Anwalt, solange er ihm nicht auf die Füße trat, ihn nicht behelligen würde.

Eventuell könnte er sogar journalistisch noch etwas aus der Sache machen. Mit einer Artikelserie und, wenn er Glück hatte, einem Film oder einem Buch, könnte er einen Teil des entgangenen Geldes noch einfahren. Das Thema gäbe es ohne weiteres her. Tygstrup zweifelte nicht daran, dass das Bild existierte. Es war die einzig sinnvolle Erklärung für die ganzen Geschehnisse. Er müsste nur irgendwie an das Gemälde herankommen. Er müsste es selbst sehen oder wenigstens verlässliche Zeugenaussagen bekommen. Und irgendetwas würde er bekommen, wenn er nur aggressiv genug vorginge. Diese Putzfrau hatte ihn abgeschmettert. Wenn er sie erneut attackierte, käme bestimmt etwas dabei heraus, und sei es nur eine Beschimpfung.

Und es gab Material. Er könnte die Fotos veröffentlichen, die Darius ihm gezeigt hatte. Das seriös zu verpacken, wäre kein Problem, nicht für ihn. Tygstrup griff zum Telefon und rief Zakhani an.

»Hast du noch die Fotos von dem Caravaggio?«, fragte Tygstrup.

»Ja, natürlich. Hast du irgendetwas erreicht? Ich sitze hier herum und höre nichts.«

»Es ist noch alles offen.«

»Was heißt das? Was hast du unternommen?«

»Weißt du nicht, was geschehen ist? Hat dir dein Ben Mertens nichts berichtet?«

»Nein. Ich habe nichts mehr von ihm gehört. Er ist einfach nicht zu erreichen. Es muss etwas passiert sein. In meinem neuen Porsche habe ich ein Ortungssystem. Der Wagen steht seit gestern Morgen auf einem Rasthof in Kroatien. Mir kam schon in den Sinn, dass Ben das Bild geklaut und sich abgesetzt hat. Aber irgendwie glaube ich das nicht.«

»Das hat er nicht. Der Anwalt hat das Bild.«

»Ach, sieh mal an! Woher weißt du das?«

»Berufsgeheimnis.«

»Jetzt komm mir nicht so. Immerhin hast du den Tipp von mir.«

»Und das nicht uneigennützig.«

»Na und? Du bist doch auch nur auf das Geld scharf. Wie kommen wir an den Anwalt ran? Ich habe es zigmal versucht. Er geht nicht ans Telefon.«

»Ich habe schon eine Idee. Schick mir die Fotos von dem Bild. Vielleicht kann ich etwas machen.«

»Also gut. Aber es wird Zeit, dass du langsam in die Gänge kommst.«

Arrogantes Arschloch, dachte Tygstrup, und legte auf. Kurz darauf hatte er die Fotos in seiner Mailbox. Lange betrachtete er die Aufnahmen. Das sah gar nicht schlecht aus. Es kam nur darauf an, die Karten richtig auszuspielen.

41

Rafael Schelbert hatte Maurice mit in seine Wohnung genommen. Sie hatten Kapuzenjacken und feste Schuhe angezogen, die Arbeitshandschuhe aus dem Keller gekramt und schnell noch etwas gegessen. Es würde anstrengend werden, sehr anstrengend. Ein ausreichend tiefes Loch auszuheben, bedeutete Stunden zäher Schufterei.

»Wir müssen auf jeden Fall die Handys zuhause lassen«, sagte Schelbert. »Sollten wir tatsächlich Schwierigkeiten bekommen, kann uns niemand nachweisen, dass wir vor Ort waren.«

»Ja, natürlich. Und wenn uns jemand sieht?«

»Jetzt stell dich nicht so an. Darauf müssen wir natürlich achten. Ein Restrisiko bleibt. Das ist halt unser Job.«

»Und wo willst du hin?«

»Südlich des Halterner Badesees liegt ein großes Waldgebiet, die ›Haard‹. Da gibt es bestimmt eine geeignete Stelle.«

»Da sind wir doch mindestens eine halbe Stunde unterwegs, und das mit einer Leiche im Kofferraum.«

»Das weiß ja keiner. Und wenn, denk immer daran, es ist keine Straftat, was wir machen.«

»Gibt es nichts näher Gelegenes?«

Rafael Schelbert entfaltete eine Karte der Region und deutete mit dem Finger auf das Waldstück.

»Ich habe mir das angesehen. Da können wir den Wagen irgendwo zwischen den Bäumen parken und in aller Ruhe graben. Nachts ist da bestimmt kein Mensch. Und außerdem ist das ein großes, dichtes Waldgebiet. In absehbarer Zeit wird nichts abgeholzt. Da wird niemand die Leiche finden.«

»In Ordnung, vielleicht hast du recht.«

Sie machten sich zu Engelhardt auf, um das Auto mit der Leiche abzuholen. Statt des Anwalts öffnete die Frau namens Camilla. Nicht schon wieder, dachte Schelbert. In Ulcinj war er sie endlich losgeworden, und nun tauchte sie plötzlich wieder auf. Sie lächelte ihn an. Schelbert kam das merkwürdig vor. Irgendetwas stimmte mit dieser Frau nicht. Sie betraten das Haus. Wie zufällig streifte sie dabei seinen Arm. Schelbert ließ sich nicht täuschen. Das hatte sie absichtlich getan.

»Schön, dass du gut nach Hause gekommen bist«, sagte sie.

»Hatten Sie daran Zweifel?«

»Ehrlich gesagt, ja.«

»Schön, das jetzt schon zu erfahren.«

»Hast du die Waffe entsorgt?«

Rafael Schelbert zögerte einen Moment. Er wollte nichts von den Komplikationen seiner Rückreise preisgeben, nicht dieser Frau. Er würde nichts erzählen und antwortete mit einem schlichten »Ja«. Sie sah ihn zweifelnd an.

»Gab es Schwierigkeiten?«

»Nein.«

»Wirklich nicht?«

»Nein.«

»Na ja, lassen wir es dabei. Und ihr wollt jetzt graben fahren? Ich komme mit. Ich kann euch helfen.«

Auf keinen Fall wollte er diese Frau am Hals haben. Er würde sie nicht mitnehmen. Es genügte, wenn er und Maurice den Ort des Grabes kannten. Dass sie ihm das Leben gerettet hatte, gab ihr nicht das Recht, sich jetzt in seine Angelegenheiten einzumischen. Außerdem war Schelbert ihre Nähe schlicht unangenehm. Sie hatte etwas Unergründliches an sich, das ihn irritierte.

»Ich glaube nicht, dass das eine gute Idee ist. Das bekommen wir schon hin«, sagte er.

Engelhardt mischte sich ein.

»Finden Sie nicht, Herr Schelbert, dass Camilla Ihnen eine Hilfe wäre?«

»Definitiv nein. Es ist unser Auftrag und unsere Entscheidung.«

Unwillkürlich hatte er mehr Härte in seine Worte gelegt, als er eigentlich wollte. Engelhardt sah ihn an, blickte zu der Frau und zuckte mit den Schultern. Schelbert interpretierte das als Einverständnis. Dem vorwurfsvollen Blick nach zu urteilen, den die Frau Engelhardt zuwarf, schien ihr das gar nicht recht zu sein.

Sie holten zwei Spaten aus der Gartengerätesammlung des Anwalts und legten sie auf die Rückbank. Zwei starke Taschenlampen und ausreichend Batterien hatten Schelbert und Maurice zuvor im Baumarkt erstanden.

»Lass uns fahren«, sagte Schelbert.

Im Rückspiegel beobachtete er, wie Engelhardt und die Frau ihnen nachsahen. Statt direkt den Autobahnzubringer anzusteuern, bog Schelbert etliche Male im Wohngebiet ab und wechselte ständig die Richtung. Maurice sah zu ihm hinüber.

»Was machst du da? Wo fährst du lang?«

»Ich traue dieser Frau nicht. Vielleicht folgt sie uns. Besser, wir hängen sie gleich hier ab.«

»Wieso sollte sie uns folgen?«

»Du hast sie nicht kennengelernt. Hast du nicht ihren Blick gesehen? Der war das gar nicht recht, dass wir sie nicht mitnehmen.«

»Und du meinst, sie fährt uns einfach nach?«

»Möglich. Aber das wird ihr nicht gelingen. Behalte den Seitenspiegel im Blick.«

Schelbert zog das Manöver einige Minuten lang durch. Auf seiner Fahrt nach Montenegro hatte er einige dumme Fehler begangen. Das war ihm wohl bewusst. Wie ein Anfänger hatte er sich überrumpeln lassen. Er hatte seine Lektion gelernt. Diesmal würde er aufmerksamer sein.

Auf der Autobahn behielt Schelbert den Rückspiegel fest im Blick. Nichts deutete darauf hin, dass sich jemand an ihre Fersen geheftet hatte. Als sie den Wald erreichten, bog er in einen schmalen Weg ein. An einer geeigneten Stelle fuhr er ein Stück ins Gelände und stoppte den Peugeot zwischen den Bäumen. Unbeleuchtet war das Fahrzeug nicht zu entdecken.

»Warte noch ein paar Minuten«, sagte Schelbert, als Maurice schon die Tür öffnen wollte.

»Wieso?«

»Diesmal will ich ganz sicher gehen. Wir haben die ganze Nacht Zeit. Ich glaube es zwar nicht, aber wenn sie uns doch gefolgt ist, dann werden wir das gleich merken.«

Schelbert kurbelte das Fenster herunter und lauschte den Geräuschen der Nacht, dem leisen Rauschen der Blätter und dem Trappeln vorbeihuschender Tiere. Er vernahm kein Motorengeräusch und keine

Schritte. Das einzige Zivilisationsgeräusch war das Knacken des erkaltenden Peugeot-Motors. Schelbert spürte, dass Maurice unruhig wurde. Er legte ihm die Hand aufs Bein. Sie mussten sich jetzt gedulden. Nach fünfzehn Minuten atmete Schelbert tief durch.

»Ich denke, wir können.«

»Na endlich.«

»Aber lass die Taschenlampe aus. Es ist hell genug.«

Als hätte das Schicksal es für sie arrangiert, leuchtete der Vollmond am sternenklaren Himmel. Wo die Bäume nicht allzu dicht beisammen standen, drang das fahle Licht bis zum Waldboden durch.

Etwa fünfzig Meter vom Wagen entfernt stieß Schelbert den Spaten in den Boden und atmete erleichtert auf. Er hatte befürchtet, auf hartes Erdreich zu treffen. Doch der Grund war nachgiebig. Sogar die Wurzelverzweigungen, auf die er traf, konnte er ohne große Schwierigkeiten durchtrennen. Hier würde es ihnen gelingen, eine ausreichend tiefe Grube auszuheben.

Ohne ein Wort zu sagen, begann auch Maurice, Spatenstich um Spatenstich zu graben. Schelbert wusste, wie schwer ihm diese körperliche Arbeit fiel. Irgendwann sackte er völlig erschöpft zusammen. Er schleppte sich auf einen umgestürzten Baumstamm. Schweigend grub Schelbert weiter, bis er schweißüberströmt den Spaten fallen ließ und sich aufrichtete. Der Rand der Grube reichte ihm bis zur Brust.

»Fertig. Das ist tief genug.«

Maurice nickte stumm.

»Ich brauche dich jetzt nochmal«, sagte Schelbert. »Wir müssen die Leiche holen.«

Der tote Körper war mittlerweile steif wie ein Stück Holz. Das erleichterte es, ihn zu transportieren. An der Grube angekommen schwangen sie ihn ein paar Mal hin und her. Mit einem dumpfen Laut schlugen Lekë Bekthasis sterbliche Überreste auf den Boden seines Grabes auf.

»Das Zuschaufeln schaffe ich schon«, sagte Schelbert. »Setz du dich nur wieder hin.«

Zuhause angekommen durchströmte Rafael Schelbert immer noch das Adrenalin. Trotz seiner Erschöpfung war an Schlafen nicht zu denken. Ohnehin würde es bald hell werden. Maurice schien es ähnlich zu gehen. Körperlich war er völlig ermattet, wirkte aber unruhig und aufgewühlt.

»Setz dich, ich mache dir einen Espresso«, sagte Schelbert.

Er füllte die Maschine und begann den Tisch zu decken. Sein Magen fühlte sich an, als sei dort ein tiefes Loch. Auch Maurice würde es gut tun, etwas zu essen.

42

Fergal Tygstrup hatte es tatsächlich so hingedreht, als sei er bei der Entdeckung des Bildes dabei gewesen. Marita hatte sich unglaublich ereifert, als sie ihre Handy-Fotos in der Zeitschrift sah. Aber sie konnte nichts tun. Tygstrup wusste das genau. Wäre sie eingeschritten, hätte sie preisgeben müssen, etwas über das Bild zu wissen. Letztlich konnte sie nur die Schuld sich selbst zuschreiben. Hätte sie Darius nicht aufgescheucht, wäre das alles nicht geschehen.

Tygstrup wollte Staub aufwirbeln, und das war ihm gelungen. Sein Artikel hatte einen Sturm in der Presse ausgelöst. Da er dann jedoch mit nichts weiter aufwarten konnte, kam auch nichts hinterher. Niemand hatte Interesse daran, seine Informationen ohne weitere Bestätigung zu verbreiten. Am Ende verdächtigte man Tygstrup sogar, die Fotos gefälscht zu haben. Dann bekam Marita einen Anruf von Dr. Engelhardt.

»Guten Morgen. Haben Sie den Artikel gelesen?«, fragte er.

»Ja, sicher.«

»Die Fotos haben wohl Sie gemacht? Keine Sorge, ich bin Ihnen nicht böse. Die Sache hat ja ein gutes Ende genommen. Ich möchte Sie heute gerne zum Tee einladen, meine Liebe. Ich habe etwas mit Ihnen zu besprechen.«

Mehr hatte er nicht verraten. Marita zerbrach sich den Kopf, was er von ihr wollte. Würde sie ihren Putzjob verlieren? Das glaubte sie nicht, so nett, wie er sich ihr gegenüber verhalten hatte.

Der Anwalt servierte ihr den gleichen Earl Grey, den sie in Zevenaar getrunken hatte. Marita wurde nicht lange auf die Folter gespannt. Dr. Engelhardt kam gleich zur Sache.

»Sie haben doch insistiert, dass der Caravaggio der Wissenschaft zugänglich sein solle.«

»Ja, der Meinung bin ich immer noch.«

»Ich finde das übrigens auch, im Prinzip jedenfalls.«

»Ich dachte, Sie wollten die Existenz des Bildes um jeden Preis geheim halten.«

»Das stimmt, und das möchte ich immer noch. Aber ich habe eine Idee, wie wir beides miteinander verbinden können.«

Marita, die gerade ihre Teetasse an den Mund führte, verharrte in ihrer Bewegung.

»Sie sind doch Kunstwissenschaftlerin«, sagte Dr. Engelhardt. »Wie wäre es, wenn Sie das machen? Sie hätten das nötige professionelle Knowhow, um das Bild zu untersuchen. Sie müssten mir nur garantieren, dass Sie den Standort absolut geheim halten.«

Marita gelang es, ihre Tasse abzusetzen, ohne etwas zu verschütten. Mit allem hatte sie gerechnet, aber nicht damit. Ihr Herz begann zu klopfen. Schnell begriff sie, was das für sie bedeutete. Das war die Chance ihres Lebens. Auf einen Schlag würde sie berühmt werden und hätte auf ewig einen Namen im Fach. Außerdem, schoss es ihr durch den Kopf, wäre das ein sensationelles Promotionsthema. Sie hätte endlich ihren Doktortitel. Natürlich würde sie das tun. Sie räusperte sich und griff unwillkürlich wieder zur Teetasse.

»Und wie genau stellen Sie sich das vor?«

»Ich würde sie zu dem Bild bringen. Sie könnten es sich ansehen.«

»Das wäre fantastisch. Aber heutzutage ist es mit Ansehen nicht getan. Für eine genaue Untersuchung reicht das nicht. Man müsste die Leinwand röntgen, Farbanalysen im Labor machen und einiges mehr.«

»Das ist alles kein Problem. Das kann man organisieren. Am Geld soll es nicht scheitern. Hauptsache der Standort des Bildes bleibt geheim.«

An einem Universitätsinstitut, das war Marita klar, hätte sie die Hälfte ihrer Arbeitszeit opfern müssen, um die Mittel für eine solche Forschungsarbeit aufzutreiben. Jetzt wurde ihr das alles in den Schoß gelegt.

»Sie könnten zunächst die Echtheit des Bildes bestätigen«, fuhr Dr. Engelhardt fort. »Und ich habe mir überlegt, dass man ein Buch mit professionellen Reproduktionen herausgeben sollte. Dann könnte jeder das Bild sehen, ohne dass ich es hergeben muss.«

Das wurde ja immer besser. Endlich könnte sie wissenschaftlich arbeiten und in die Materie eintauchen, für die sie brannte. Endlich hatte sie eine Aufgabe. Sie hatte sich zwar in ihrem Leben als Hausfrau wohl gefühlt, aber immer gespürt, dass noch etwas anderes auf sie zukommen würde. Jetzt war es da.

»Wann kann ich beginnen?«, fragte sie.

43

Erneut standen Rafael Schelbert und Maurice Lichtenberg vor Dr. Engelhardts Bungalow. Schelbert blickte an der lange nicht mehr gestrichenen Fassade hoch.

»Warum lässt der das Haus nicht renovieren?«, sagte er.

»Ein klassischer Fall von Understatement, denke ich.«

»Kann sein. Eigentlich nicht unsympathisch.«

»Jetzt kommst du gleich wieder mit deinem Loblied auf Konsumverzicht.«

»Und wenn? Was wäre daran falsch?«

Als die Tür sich öffnete, war es nicht Karlheinz Engelhardt, der sie begrüßte. Es war die Frau. Wieder spürte Schelbert das befremdliche Gefühl, das sie in ihm auslöste. Camilla heißt sie, erinnerte er sich.

»Wir wollen die Schaufeln zurückbringen«, sagte er.

Wortlos nahm sie ihnen das Gartenwerkzeug aus der Hand. Schelbert spürte, dass sie ihren Blick nicht von ihm abwandte.

»Wollt ihr noch reinkommen? Dr. Engelhardt ist momentan nicht da.«

Schelbert hätte gern noch etwas mit dem Anwalt geplaudert, vor allem, um den Kontakt zu pflegen. Er musste schließlich an seine berufliche Zukunft denken. Aber so hatten sie hier nichts mehr verloren.

»Könnten Sie Ihrem Chef ausrichten, dass die Sache erledigt ist? Und auch, dass der Wagen jetzt gleich in die Schrottpresse kommt? Es wird keine Probleme mehr geben.«

»Sicher.«

»Und er möchte bitte unser Honorar überweisen.«

Schelbert überreichte der Frau seine Visitenkarte und verabschiedete sich flüchtig. Er packte Maurice am Arm und zog ihn mit sich.

»Was ist denn los? Was soll diese Eile?«, fragte Maurice.

»Lass uns weg hier. Ich möchte mit dieser Frau nichts zu tun haben. Irgendetwas stimmt mit der nicht.«

Schelbert schloss die Beifahrertür des Peugeots. Maurice startete den Motor, fuhr aber nicht an. Schelbert sah zu ihm hinüber. Maurice grinste.

»Was ist?«, fragte Schelbert.

»Du merkst wohl gar nichts, oder?«

»Was merke ich nicht?«

»Die ist verknallt in dich. Das sieht doch jeder.«

»Blödsinn. Und hör auf, so zu grinsen.«

Rafael Schelbert sah demonstrativ nach vorn. Maurice fuhr mit durchdrehenden Reifen an und bog in die nächste Seitenstraße ein. Dort öffnete sich ihnen der Blick auf einen wolkenlosen Himmel. Sie fuhren dem leuchtenden Morgenrot entgegen.

Rom 2021

»Also wirklich, so kann man das doch nicht sagen!«

Friederike Reitz-Umberg spürte den Schweiß an ihrem Körper herunterlaufen. Sie hasste das. Ausgerechnet heute war die Klimaanlage ausgefallen. So schön das Gebäude der Bibliotheca Hertziana war, so marode war seine Technik. Sie schätzte die Saaltemperatur auf mindestens fünfunddreißig Grad.

»Dann sehen Sie mal genau hin, Frau Kollegin.«

Robert Klintberg wollte sie provozieren, nicht nur mit seinen frechen Kommentaren, sondern auch mit einem überheblichen Grinsen im Gesicht. Dass er Erfolg damit hatte, ärgerte sie nur noch mehr. Sie konnte ihre Wut nicht im Zaum halten. Was bildet sich der Fatzke eigentlich ein, dachte sie. Da hat der schnell mal was hingeschmiert, während ich seit Jahrzehnten an dem Thema arbeite. Wer schließlich hat die maßgebliche Monografie zu Merisi geschrieben? Der nicht! Währenddessen setzte Klintberg noch eins drauf.

»Sehen Sie denn nicht die ganzen erotischen Details in dem Bild? Das ist doch ganz eindeutig.«

»Ja schon, aber Sie interpretieren das vollkommen falsch.«

»Was gibt es denn da falsch zu interpretieren, wenn man Augen im Kopf hat. Haben Sie denn nicht die neue Arbeit über den ›heiligen Matthäus mit dem Engel‹ gelesen?«

»Selbstverständlich habe ich die gelesen. Aber noch ist ja nicht klar, ob das alles so stimmt. Diese Buschweiler-Krisch ist doch völlig unbekannt. Und nur sie hat das Bild gesehen. Finden sie das nicht auch merkwürdig?«

»Aber sie hat alles einwandfrei dokumentiert. Sie hat Laborergebnisse vorgelegt, und die Reproduktionen sind doch wunderbar.«

Schon wieder grinste er. Seit einer halben Stunde saßen sie in der stickigen Luft herum und führten diesen unsinnigen Streit. Friederike Reitz-Umberg bereute es, keinen Moderator für das öffentliche Gespräch einbestellt zu haben. Jetzt musste sie als Direktorin des Instituts selbst alles im Griff behalten und gleichzeitig ihre Position vertreten.

»Also gut, Sie haben recht. Das klingt alles seriös. Aber in dem Bild geht es doch nicht um Erotik. Das kann man doch nicht einfach auf Sex reduzieren. Sehen Sie denn nicht, dass die Lebendigkeit der Darstellung gar nicht direkt körperlich gemeint ist? Das betont doch vor allem die metaphysische Ebene des Bildes.«

Hätte sie nur niemals diese Diskussion angeleiert! Aber angesichts der Sensation um das wiedergefundene Bild hatte sie etwas tun müssen. Es war ihr Forschungsgebiet und ein Schwerpunkt ihres Instituts. Wer sonst, wenn nicht sie, musste darauf reagieren. Sie hatte den Namen Marita Buschweiler-Krisch nie zuvor gehört. Aber sie konnte nicht ignorieren, was diese Frau veröffentlicht hatte. Wissenschaftlich war das einwandfrei. Anfangs hatte sie sich furchtbar geärgert. Sie selbst hatte jahrelang nach Spuren dieses Bildes gesucht. Tausende von Quellen hatte sie durchforstet. Und jetzt tauchte es wie aus dem Nichts plötzlich auf.

Diese Buschweiler-Krisch war durch nichts zu überreden gewesen, die Identität des Besitzers preiszugeben. Mehrfach hatte Friederike Reitz-Umberg angefragt, das Bild begutachten zu dürfen. Jedes Mal wurde sie abgeschmettert, freundlich zwar und in Anerkennung ihres fachlichen Wissens, aber resolut.

Inzwischen hatte sie Buschweiler-Krischs Arbeit sogar mehrfach zitiert. Sie hatte das teure Buch mit den Reproduktionen fürs Institut angeschafft und sich auch selbst ein Exemplar gekauft. Das ersetzte zwar nicht das Original, war aber herrlich anzusehen. Endlich konnte sie dieses Gemälde, das man nur von Schwarzweiß-Fotos kannte, in all seiner Pracht bewundern. Klintberg hatte sich inzwischen weiter ausgebreitet. Ganz offensichtlich hörte er sich gern reden.

»Ich will Ihnen einen metaphysischen Aspekt ja zugestehen, aber im Vordergrund steht ganz eindeutig der Körper«, sagte er.

»Unsinn.«

»Denken Sie doch an die Initiative vor ein paar Jahren, man müsse Caravaggios ›Amor‹ in Berlin abhängen, weil das Bild pornografisch sei und angeblich Kinder gefährde. Abgesehen davon, dass das Blödsinn ist, zeigt das doch eindeutig die unmittelbare Körperlichkeit dieser Malerei. Diese Leute haben sich doch nicht an der Metaphysik, sondern an der Nacktheit des Knabenkörpers gestoßen.«

»Das ist doch völliger Blödsinn.«

»Das denke ich nicht.«

»Und warum«, fragte Friederike Reitz-Umberg zurück, »hat das Museum das Bild dann hängen lassen? Die haben doch genauso argumentiert wie ich.«

Das hat gesessen, dachte die Kunsthistorikerin, und beruhigte sich etwas. Sie lenkte das Gespräch auf etwas Anderes. Glücklicherweise ging Klintberg jetzt auf sie ein. Eigentlich fand sie ihn sogar sympathisch. Sie hatte sich Mühe gegeben, den Kollegen nett zu empfangen und ihm einen angenehmen Aufenthalt in der Bibliotheca Hertziana zu bescheren. Beim gestrigen Abendessen war die Unterhaltung ruhig und angenehm dahingeflossen, und beinah wäre noch mehr daraus geworden. Aber irgendwie hatte es sich dann doch nicht ergeben.

Leider hatte Dr. Marita Buschweiler-Krisch ihre Einladung nicht angenommen. Seltsam, dachte Friederike Reitz-Umberg, wo sich sonst doch jeder um eine solche Gelegenheit reißt. Dass Marita im Publikum saß und die Diskussion aufmerksam verfolgte, konnte sie nicht wissen.

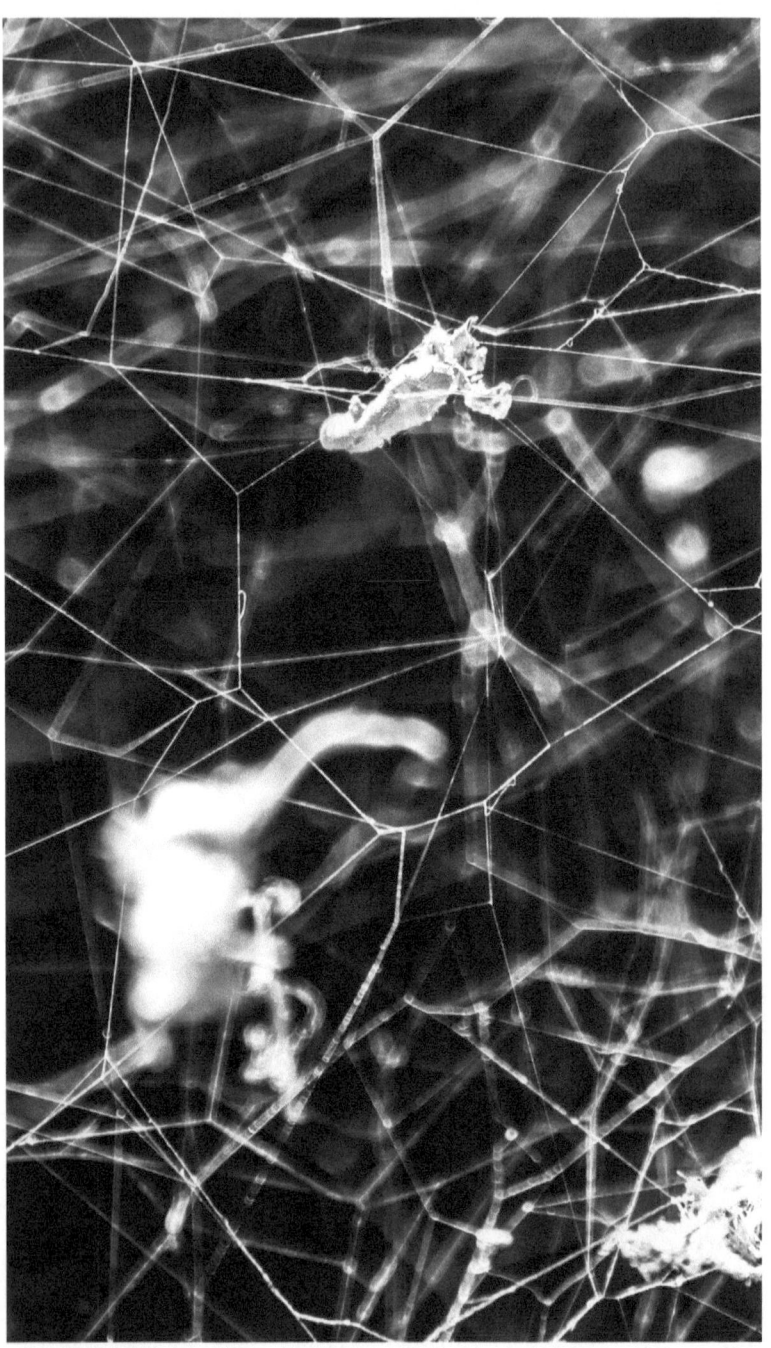

Nachwort

Schon lange wollte ich etwas über Caravaggio schreiben. Es war ein zunächst diffuser Plan. Ein Ereignis im Jahr 2014 führte mich dann dazu, es endlich zu tun: Auf einem Dachboden entdeckte man ein bisher unbekanntes Gemälde, das angeblich von Caravaggio sei. Für 120 Millionen Euro bot man es zur Versteigerung an. Gutachten folgte Gegengutachten, bis das Bild plötzlich für eine unbekannte Summe unter der Hand verkauft worden war. Die mediale Aufmerksamkeit, die dieser Fund erregte, brachte die hoch kommerzialisierten Strukturen des legalen Kunstmarkts sehr deutlich zu Tage. Außerdem erfuhr ich bei der Recherche, dass der illegale Handel mit Kunst nach Drogen und Waffen der drittgrößte Markt dieser Art ist.

Eine ganze Reihe von Caravaggio-Gemälden gelten als verschollen, unter ihnen die erste Fassung des ›heiligen Matthäus mit dem Engel‹. Das Bild zählt, obwohl nur als Schwarzweiß-Fotografie überliefert, zu meinen Caravaggio-Lieblingsbildern. Während des Zweiten Weltkriegs lagerte man es, wie viele Gemälde aus den Berliner Museen, in den Flakbunker Friedrichshain ein. Dort soll es 1945 verbrannt sein. Aber es ist auch anderes denkbar. Der Bunker war in den letzten Kriegstagen unbewacht und jedermann zugänglich. Außerdem wurden von März bis Mai 1945 viele der Gemälde in Salzbergwerke gebracht, der ›heilige Matthäus mit dem Engel‹, soweit man weiß, entweder nach Grasleben oder Kaiseroda-Merkers. Sowohl aus dem Bunker als auch aus den Salzbergwerken könnte sich eine Privatperson oder ein Angehöriger der alliierten Streitmächte das Bild unter den Nagel gerissen haben, so wie in meiner Geschichte Leroy Anderson.

Bis 1945 entspricht alles, was ich über das Gemälde schreibe, den historischen Fakten. Das Bild wurde 1599 für die Kirche San Luigi dei Francesi gemalt, aber von der Glaubenskongregation abgelehnt, da es den heiligen Matthäus angeblich unwürdig darstelle. Daraufhin erwarb es der Kunstsammler und Mäzen Vincenzo Giustiniani. Zu Beginn des 19. Jahrhunderts befand sich die Familie Giustiniani in finanziellen

Schwierigkeiten. Ein Teil der Sammlung wurde verkauft, der Rest nach Paris gebracht und versteigert. Ein Viertel dieses Konvoluts ergatterte der Pariser Maler und Kunsthändler Féréol Bonnemaison. 1815 verkaufte er den ›heiligen Matthäus mit dem Engel‹ zusammen mit mehr als 155 weiteren Kunstwerken König Friedrich Wilhelm III. Bis zum Zweiten Weltkrieg hingen all diese Bilder aus Giustinianis Kollektion in der Berliner Gemäldesammlung. 1941/42 brachte man sie, um sie vor Bombenangriffen zu schützen, in den Flakbunker Friedrichshain. Dort endet die Spur des ›heiligen Matthäus mit dem Engel‹.

Was ich über die historischen Persönlichkeiten erzähle, beruht auf überlieferten Fakten. Mit großer Wahrscheinlichkeit war der Kunstmäzen Kardinal Francesca Maria Bourbon del Monte (1549-1627) homosexuell. Vier Jahre lang beherbergte er Caravaggio in seinem Haus, dem Palazzo Madama, in dem sich heute der italienische Senat befindet. Direkt dahinter steht der Palazzo des Kunstsammlers Vincenzo Giustiniani (1564-1637), heute der Sitz des Präsidenten des italienischen Senats. Daneben befindet sich die Kirche San Luigi dei Francesi, für die Caravaggio den ›heiligen Matthäus mit dem Engel‹ malte. Heute bildet die zweite Fassung dieses Bildes den Mittelpunkt der Contarelli-Kapelle; rechts und links sind zwei weitere Arbeiten Caravaggios zu sehen.

König Friedrich Wilhelm III. von Preußen (1770-1840), der tatsächlich stotterte, befand sich im November 1815 in Paris und unterzeichnete mit Kaiser Franz I. von Österreich und Zar Alexander I. von Russland den sogenannten Zweiten Pariser Frieden. Wie schon gesagt, kaufte er in diesem Jahr vom Maler und Kunsthändler Féréol Bonnemaison (1766-1827) Gemälde aus der Giustiniani-Sammlung. Darunter befanden sich mindestens fünf Caravaggio-Bilder, neben dem besagten das ›Brustbild einer jungen Frau‹ und ›Christus am Ölberg‹, beide ebenfalls verschollen, der ›Amor als Sieger‹, der wieder in der Berliner Gemäldegalerie hängt, und die sogenannte weltliche Version des ›ungläubigen Thomas‹, die in der Bildergalerie Potsdam zu sehen ist. 1816 verkündete der Kaiser, die Sammlung solle »in einem neu zu errichtenden Gebäude öffentlich ausgestellt werden«. 1797 bereits hatte der Archäologe

Aloys Hirt (1759-1837) Pläne dazu entwickelt; von 1825 bis 1830 baute der Architekt Karl Friedrich Schinkel (1781-1841) das Alte Museum.

Leroy Anderson (1908-1975) war Komponist. Als Sohn schwedischer Eltern sprach er Englisch und Schwedisch und beherrschte auch Dänisch, Norwegisch, Isländisch, Deutsch, Französisch, Italienisch und Portugiesisch. Wegen seiner Sprachkenntnisse diente er im Zweiten Weltkrieg als Agent des Army Counter Intelligence Corps in Island. Während seines Aufenthalts dort schrieb er eine isländische Grammatik. Nach dem Krieg wurde ihm eine Stelle als Botschafter in Schweden angeboten. Mit dem Argument, Musik sei seine Berufung, lehnte Leroy die Stelle ab. Er siedelte sich in Woodbury, Connecticut an und ging dort seinen musikalischen Tätigkeiten nach.

Im letzten Abschnitt vertreten Friederike Reitz-Umberg und Robert Klintberg die Kunsthistoriker Sybille Ebert-Schifferer und Herwarth Röttgen. Ebert-Schifferer hat eine detaillierte Monografie über Caravaggio geschrieben. Röttgen verdeutlichte in einer kleinen Schrift zum ›Amor als Sieger‹ die unmittelbare Körperlichkeit, die so typisch für die Bilder Carvaggios ist.

Für die freundliche und kritische Durchsicht des Manuskripts möchte ich mich herzlich bei Jutta Batz-Siepermann, Manuel Berdel, Angelika Hofner, Erwin Koch-Raphael, Ralf Michaelis, Alexander Poetsch und Heike Sebastian bedanken.

Zitate
S. 13: Homer: Odyssee, Übersetzung: Roland Hampe, Stuttgart 1979
S. 79/80: Kerouac, Jack: Unterwegs, Reinbek 1968

Zeitfracht Medien GmbH
Ferdinand-Jühlke-Straße 7
99095 Erfurt, Deutschland
produktsicherheit@kolibri360.de